계획은 빗나가도
삶은 빛나간다

계획은 빗나가도
삶은 빛나간다
시골 민박 강안채 부부의 희망 일지

초 판 1쇄 2025년 12월 22일

지은이 강현구
펴낸이 류종렬

펴낸곳 미다스북스
본부장 임종익
편집장 이다경, 김가영
디자인 윤가희, 임인영
책임진행 이예나, 김요섭, 안채원, 김은진, 국소리

등록 2001년 3월 21일 제2001-000040호
주소 서울시 마포구 양화로 133 서교타워 711호
전화 02) 322-7802~3
팩스 02) 6007-1845
블로그 http://blog.naver.com/midasbooks
전자주소 midasbooks@hanmail.net
페이스북 https://www.facebook.com/midasbooks425
인스타그램 https://www.instagram.com/midasbooks

ⓒ 강현구, 미다스북스 2025, *Printed in Korea*.

ISBN 979-11-7355-630-2 03810

값 19,500원

미다스북스는 다음세대에게 필요한 지혜와 교양을 생각합니다.

시골 민박 강안채
부부의 희망 일지

계획은 빗나가도
삶은 빛나간다

강현구

미다스북스

"1억 2천만 원까지는 어렵고, 8천만 원!"
"나는 8천만 원이면 딱 좋겠어! 그 시골집 우리가 사자."

그 한마디를 시작으로 결국 우리는 8천만 원에 그 시골집을 샀다.

"그냥 단 한 팀이라도, 이곳이 좋아 찾아오신다면,
그것만으로도 정말 행복하고 충분히 만족할 거 같아."

고요한 시골 풍경,
바람에 실려 오는 나무 냄새,
찬란하고 싱그러운 햇살,
그리고 어떤 이의 꿈이 오롯이 깃든 시골집.

이 책은 시골에서 민박집을 운영하는 어느 부부의 이야기이다.

"난 벌써 셋째 키우고 있잖아!!
첫째 강다윤, 둘째 강민규, 셋째 강안채!"

내 모든 정성 들여 셋 모두 다 잘 키울 거다!
그저 사랑스러운 나의 막내 강안채다.

어느 날 닥친 화재는 그 모든 것을 산산이 부숴 버린다.
충격과 절망의 순간, 불길이 태워버린 것은 건물만이 아니다.
그들의 희망, 계획, 그리고 일상의 균형도 한순간에 흔들린다.

잃은 것이 하나 있어도, 아직 지켜내야 할 많은 것이 있기에
그렇게 남은 것을 지키며 살면 살아진다.
또다시 살아간다.
앞이 보이질 않을 만큼 어둡고 힘들어도,
긴 새벽이 지나 어느 순간 다시 해가 뜨고
다시 화려하게 꽃이 피는 게 우리 인생인가 보다.

그 속에서 나는 계획은 빗나가도,
삶은 빛날 수 있음을 배우게 되었다.
나만의 철저한 계획을 세우고 선택했던 과정,
그러나 나의 계획처럼 되지 않은 인생!

"이 땅이 남들 따지는 모든 조건에 다 맞았다면,
아마 나까지 올 선물이 아니었겠죠?"

지금부터 그 에피소드에 대해
하나씩 이야기를 이어가 보려고 한다.

목
차

고요한 시골 풍경, 바람에 실려 오는 나무 냄새, 찬란하고 싱그러운 햇살, 그리고 어떤 이의 꿈이 오롯이 깃든 시골집. 이 책은 시골에서 민박집을 운영하는 어느 부부의 이야기이다. 평범한 직장인 부부가 시골의 소박한 집에서 꿈을 키우는 모습은 우리의 평범한 삶 속에서도 얼마나 깊고 풍요로운 이야기가 있는지 보여준다. 그들이 민박집을 운영하며 나눈 정, 손님과의 따뜻한 교감, 그리고 그 속에서 찾아가는 삶의 의미는 독자들에게 잔잔하지만 단단한 울림을 선사한다.

어느 날 닥친 화재는 그 모든 것을 산산이 부숴 버린다. 충격과 절망의 순간, 불길이 태워버린 것은 건물만이 아니다. 그들의 희망, 계획, 그리고 일상의 균형도 한순간에 흔들린다. 그러나 그 절박함 속에서 부부는 용기와 애정으로 그들만의 공간을 다시 피워낸다. 과거의 상처를 품고 있지만 동시에 미래를 향한 희망으로 가득한 민박집, 부부는 그 공간에서 새로운 손님을 맞이하고 잃었던 꿈을 찾고, 다시 꿈을 살아 숨 쉬게 하며 자신들도 몰랐던 강인함과 연대를 발견한다.

독자로부터 마음 깊은 곳에서 응원을 보내게 만드는 이 책은 우리에게 두 번째 기회의 힘을 절절하게 전해준다. 두 번째의 힘으로 얻은 부부의 지혜는 직접 페인트를 바르고, 가구를 배치하고, 벽을 다듬어 사람들의 이야기가 모이는 삶의 무대를 완성시킨다. 저자는 누구나 한 번쯤 꿈꿔본 전원생활의 로망과 삶의 두 번째 기회를 감동적으로 그려낸다. 시골의 정취를 사랑하는 이들, 인간관계의 진정성을 중시하는 이들, 손수 공간을 만드는 기쁨을 아는 이들, 그리고 어떠한 삶의 두 번째 기회를 꿈꾸는 모든 이들에게 추천한다.

– 국립 경국대학교 교수, 반혜정

항상 최선을 다하며 어두운 터널 속에 있어도 밝은 세상이 있음을 믿고, 껍질을 벗으면 더 넓은 세상이 있음을 상상하며 직접(강안채 운영) 실생활에서 경험한 구체적인 사례를 통해 시련 속에서도 항상 긍정의 힘으로 자신만의 성공을 꿈꾸는 강현구 작가님! 부부가 함께 이루어 가는 일상 속 행복이 얼마나 소중한지를 깨닫게 됩니다.

강안채 운영의 성공적인 경험을 통해 또다시 시작되는 새로운 도전! 태평초 메뉴의 식당 운영 사업이 태평성대 하기를 기원합니다.

– 『감동을 팔고 직원들을 춤추게 하라』 저자, 이수호

책을 덮는 순간, 한가지 생각만이 남았습니다. '삶은 결국 버티고, 흔들리고, 다시 선택하는 사람에게 빛이 난다.' 이 책은 완벽한 계획이 아니라, 불완전한 현실 속에서 서로를 의지하며 앞으로 나아간 부부의 진심이 기록된 이야기입니다. 잿더미에서도 다시 집을 짓고, 다시 희망을 세우는 그 과정 자체가 우리 모두의 삶과 닮았습니다. 이 책이 당신에게도 '다시 도전할 수 있겠다.' 용기를 건네줄 것이라 믿습니다.

− 『회사 없는 세계에서 살아남기』 저자, 부아c

(추천사를 빙자한 편지 같은 것)

강현구는 내가 아는 손님 중 자신의 삶을 일구는 데 가장 열정적인 사람. 삽을 들고 곡괭이를 들고 호미도 들고 달려드는 사람. 그러나 그가 자신만을 위해 그리하는 사람이라면 '하리는 내가 아는 책방지기 중 최고니까.'와 같은 가벼운 말에 홀랑 넘어가 추천사를 쓰지는 않았을 것이다. 강현구는 자신의 열정으로 기어이 남을 데우는 사람이다. 영주에 독립서점 책방하리가 생겼을 때, 초보 책방지기가 우왕좌왕하며 책상 정리도 못 할 때, "이 서점이 정말 잘 됐으면 좋겠어요." 하고 책방 사진을 막 찍어가던 사람. 그의 블로그에 올라온 어지러운 내 서점 소개 사진을 보고는 헛웃음이 나왔었지만, 그때도 좋은 예감 하나만은 남아 있었다. 그와 나는 꽤 오래 좋은 친구가 될 것이라는.

이 책은 그가 삽을 들고, 곡괭이를 들고, 호미를 들고 길을 낸 이야기다. 자신의 빗나간 여정 뒤로 다시 걸어가 조금씩 흠을 파고 또 흙을 덮는 이야기. 타인의 갈팡질팡을 최소한으로 줄여주기 위해 트랙터를 몰고 오는 이야기. 집이 타오르는 것쯤, 늘 가슴이 타오르는 그에게는 횃불이었을 것. (사실 아닐 것이다.) 수십 번의 시행착오쯤, 어차피 잘될 거라 믿는 그에게는 영웅담의 한 코스였을 뿐일 것. (사실 아닐 것이다.)

사랑도, 우정도, 삶도 결국은 꾸준히 하는 것이야말로 진짜 열정 아닐까. 문학 속에서 꿋꿋이 고개를 쳐들고 있는 『돈의 속성』, 『퓨처 셀프』가 내게는 더없이 문학으로 보이는 건, 그것이 강현구가 선택한 책이기 때문이다. 마흔 살의 삶으로 증명한 그의 열정이 문학이니까. 그가 걷는 길 뒤로 나는 꽃삽이라도 들고 걸어가고 싶다. 그런 것들이 그에게 응원이 될 수 있다면, 그 응원이 또 누군가를 향한 응원이 될 수 있다면.

— 영주 독립서점 〈책방, 하리〉 책방지기, 정란

복싱과 닮아 있는
우리들의 삶

핵 주먹으로 유명한 미국의 전설적인 복싱 선수 마이크 타이슨에게는 대단한 실력만큼이나 잘 알려진 어록이 하나 있다.

"누구나 그럴싸한 계획이 있다. 처맞기 전까지는⋯."

이 명언을 듣고 나는 뒤통수를 처맞은 듯했다. 그리고 지금까지 이 말 한마디가 나의 뇌 속 깊이 콱 박혀있다. 왜냐면 항상 무언가를 계획해서 시작할 때에는 처음 계획처럼 되지 않았기 때문이다. 나는 뭐든 미리 계획하는 것을 참 좋아한다. MBTI 중 계획형을 나타내는 J형이다. 사람들은 심지어 나에게 대문자 J 또는 파워 J라고들 한다.

나는 기본적으로 일주일 단위로 크게 할 일을 미리 계획하고 다시 하루하루를 1시간 또는 30분 단위까지 쪼개서 일정을 계획한다. 내가 생각해도 나는 몹시 피곤한 스타일이다. 이런 나의 피곤한 인생에도 그럴싸하지 않은 계획들이 많았다. 매번 계획은 빗나가고 상상조차 못 한 일들이 나에게 일어나기도 했다. 그중에서도 조금은 특별하며, 삶에 대해 많은 것을 깨닫게 하고, 삶을 빛나게 만들어 준 나의 세컨하우스에 대한 이야기들을 조심스레 꺼내 보려고 한다.

어느 날 우리는 시골 전원주택 삶을 꿈꾸게 되었다. 처음 계획한 것처럼 땅을 매입하고 집을 짓고 행복하게 사는 건 쉬운 일이 아니었다. 결국, 계획처럼 전원주택의 삶은 이뤄지지 않고, 작은 동네의 주택으로 이사를 하게 되었다. 그럼에도 전원주택의 미련을 버리지 못하던 중, 뜬금없이 우리는 덜컥 시골집을 계약하게 되었다. 전원주택을 계획했던 우리에게, 계획에도 없었던 시골집이 갑작스레 생겼다. 그 시골집은 우리의 세컨하우스가 되었다. 빗나간 계획 덕분에 우리는 기대 이상으로 더 빛나는 삶이 되었다.

시골집을 가진 행복도 잠시, 우리 부부는 세컨하우스를 가진 것에 멈추지 않고 또다시 큰 도전을 계획했다. 더 많은 사람이 이곳에서 아름다운 풍경과 함께 몸과 마음을 힐링하며 행복했으면 좋겠다는 생각이 들었다. 그건 바로 우리만의 세컨하우스로 이용하는 이 시골집을 모두가 이용하는 세컨하우스로 공유하는 것이다.

이 시골집을 어떻게 꾸미면 많은 사람이 좋아하는 곳으로 만들 수 있을까? 난 파워 계획형이자 실행형의 소유자!! 나는 이 시골집을 어떤 방법으로 수리해야 비용은 줄이고, 모두가 좋아하는 곳으로 바뀔 수 있을지 계획했다. 그 계획을 하나씩 준비하고 실행하며 만들어 낸 모두의 세컨하우스! 조용한 시골 마을 속 우리의 민박집은 그렇게 완성되었다.

2년이라는 시간 동안 민박집은 나의 계획처럼 아니 나의 계획보다 훨씬 장사가 잘되었다. 그러던 어느 날 아무도 없는 그곳에서 예상치 못한 화재가 발생했다. 집은 한순간 무너지며 잿더미로 변했다. 우리 가족, 그리고 이곳을 방문한 손님까지 모두의 행복한 추억이 가득했던 세컨하우스는 그렇게 사라졌다. 그전만 해도 우리는 세상을 다 가진 듯한 기분이었지만, 한순간 그 세상을 모두 잃어버렸다.

상실감이 크고 충격적인 일이었다. 무너진 강안채와 함께 세상이 무너져 내리는 것만 같았다. 나에게 이런 끔찍한 일이 일어날 거라, 꿈에서조차 상상하지 못했다. 하지만 깜깜

하고 앞이 보이지 않던 그 현실의 어두운 밤은 언젠가 지나가고, 곧 빛나는 해가 뜨며 날은 밝는다. 우리는 책을 읽으며 위로받았고, 응원해 주시는 사람들로부터 많은 용기를 얻었다. 그 위로와 용기를 통해 다시 집을 짓고 처음부터 새롭게 시작하기로 했다. 집은 사라져도, 이 공간의 아름다운 풍경은 변치 않을 테니까! 다시 더 멋지게 집을 지어 봐야지! 이제 우리가 그렇게 꿈꾸었던 전원주택의 꿈을 이뤄보는 거다. 새롭게 집을 짓고 다시 시작한 강안채! 우리의 마음은 이전과 달랐다. 이곳을 좋아해 주시는 손님이 단 한 팀만 방문해도 행복할 것만 같았다. 우리의 행복함은 이곳에 오시는 분들이 더 만족하고 더 행복해지는 것에서부터 왔다. 그 마음이 오롯이 전해지면, 그 행복으로 우리의 삶이 점점 빛이 난다는 걸 깨달았다.

누구나 그럴싸한 계획은 있다. 뒤통수를 처맞기 전까지!!
그러나 강한 펀치를 맞아 쓰러지고 링 바닥에 다운이 되더라도 경기는 그것만으로 절대 끝나지 않는다.

"복싱이라는 건 다운됐다고 끝나는 게 아니잖아! 다시 일어나라고 카운트를 10초씩이나 주거든."

– 영화 〈카운트〉 중에서

영화 속 주인공 배우 진선규는 인생이 꼭 이런 복싱과도 같다고 한다. 전원주택의 꿈으로 시작해서 시골집을 거쳐 민박집을 운영하다가, 화재를 만나 그 모든 게 사라지기도 했다. 그리고 다시 새롭게 시작하며 그 모든 시간 동안 다양한 경험을 했다. 시골 땅과 시골집을 고르는 방법, 시골집 인테리어, 민박집 운영하는 방법 등 화재로 집을 잃고 다시 지으며 알게 된 다양한 경험들! 많은 에피소드가 있었고 그 속에서 나는 계획은 빗나가도, 삶은 빛날 수 있음을 배우게 되었다. 나만의 철저한 계획을 세우고 선택했던 과정, 그러나 나의 계획처럼 되지 않은 인생! 지금부터 그 에피소드에 대해 하나씩 이야기를 이어가 보려고 한다.

활짝 핀 벚꽃과 빛나는 햇살 속에서 평온한 마음의 여유가 느껴지는 강안채의 앞마당

　계획은 빗나가도 삶은 빛나간다

1장

어느 날 덜컥,
우리는 시골집을 샀다

원래 인생은 선택의 연속이잖아요

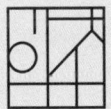

가볍게 시작해도 좋다.
좀 무모하게 선택해도 된다.
누구에게나 처음은 있다.
우리의 이 좌충우돌 시작의 이야기가
여러분에게 힘이 되기를 바란다.

1.
우리도 시골에
집을 지어보는 거 어때?

"인생은 선택의 연속이다."

– 장 폴 사르트르

아내는 드라마 시청을 참 좋아한다. 그러나 나는 대부분의 아저씨처럼 드라마보다는 축구 또는 당구와 같은 스포츠 경기 보는 것을 좋아한다. 퇴근 후 집에 돌아와서 함께 저녁을 먹은 후에도 우리는 TV를 같이 보지 않았다. 아내가 TV로 드라마를 보면, 나는 핸드폰으로 축구나 당구 경기를 봤다.

그러던 어느 날 저녁이었다. 우연히 EBS 〈건축 탐구 집〉이라는 프로그램을 보게 되었다. 마침, 드라마도, 생중계 스포츠도 딱히 볼만한 게 없어 얼떨결에 틀어놓은 그 프로그램이 기대 이상으로 재미가 있었다. 프로그램에서는 풍경이 멋진 집, 특별한 이야기가 있는 집, 건축 아이디어가 뛰어난 집 등 다양한 집이 소개되었다. 그렇게 함께 있을 때마다 한 번씩 〈건축 탐구 집〉 프로그램을 찾아서 보게 되었고, 나는 종종 "드라마 말고 〈건축 탐구 집〉 틀어봐! 맥주 한잔 마시면서 그거나 같이 보자!"라고 말했다.

물과 기름같이 함께 있어도 따로 놀던 TV 앞에서 우리 부부의 모습은 〈건축 탐구 집〉 덕분에 자연스러운 맛을 내는 황금 비율의 소맥처럼 자연스럽게 TV를 함께 보는 모습으로 바뀌었다. 그러던 어느 날, 함께 TV를 보다가 아내는 뜬금없이 한마디 말을 꺼냈다.

"우리도 시골에 전원주택 지어서 살아보는 거 어때?"

나는 순간 머릿속에 아파트에서는 할 수 없는 것들, 전원주택 삶의 로망들을 하나씩 떠올렸다. 직장에서 퇴근하고 돌아오면 나만의 차고에 편하게 주차하고 여유 있게 집으로 들어가는 로망, 회사 쉬는 날에는 푸른 잔디 마당에서 숯불에 고기도 구워 먹는 일상, 푸른 잔디에서 즐겁게 뛰어노는 아이들과 가정적인 아빠의 모습까지, 전원주택을 누리는 우리 가족의 모습을 상상했다.

"오~ 그거 괜찮을 거 같은데?"

나는 말이 나오게 무섭게 실행하는 상당히 급한 성격의 소유자다. 다음 날, 당장 지내고 있는 아파트를 부동산에 내놓았다. 살면서 리모델링은 한번 했지만, 지어진 지 20년이 넘은 오래된 아파트가 쉽사리 금방 팔리겠나 싶었다. 일단 부동산에 매물을 먼저 등록하고 멋진 전원주택 지을 만한 땅을 찾아보면 되겠다고 생각했다. 그러나 나의 계획과는 다르게 부동산에 아파트 매물을 내놓은 지 30분 정도 지났을까? 아파트를 사겠다는 분이 있어서 집을 보러 가도 되겠냐는 부동산 사장님의 전화 한 통이 다시 걸려왔다. 나는 부동산 사장님이 아직 우리 집을 보지 못해서 아파트 구조와 집의 상태를 확인차 방문하신다고 생각했다. 나 또한 그날은 딱히 일정이 없는 하루였기에 사장님께 언제든지 가능한 시간에 오시면 된다고 말씀드렸다.

그렇게 전화 통화 후 10분이 채 지나지 않아 사장님은 정말 손님과 함께 집으로 오셨다. 나의 계획과는 조금 다르게 일이 빠르게 진행되었다. 아파트 매매가 원래 그런가, 일사천리로 1시간 만에 매매가 이루어졌다. 팔려고 내놓은 아파트는 맞지만 이렇게 일찍 팔리는 건 나의 계획과는 조금 빗나간 상황이었다. '살다 보니, 아파트도 집주인의 성격을 닮아가는 신가? 주인 닮아 이렇게 급하게 팔리는 건가?'하고 생각하며 나는 혹시나 지금 팔지 못하면 또 언제 거래가 될까 싶어 후다닥 아파트 매매 계약을 해버렸다. 대신 아직 이사 갈 곳을 정하지 못해, 2개월의 시간을 정중히 부탁드렸다. 매매자 아주머니도 비슷한 사정이 있다며 서로 이사 기간에 대해 동의했고, 짧은 시간에 당시 1억 5천만 원의 빠른 거래가 끝이 났다.

그날 저녁 우리는 부모님을 모시고 가족회의를 했다. 당장 갈 곳도 없으면서 집을 팔아버린 나의 행동에 엄마가 무척 놀랐다. 아버지는 "우리 아들이 다 계획이 있겠지!"라고 말씀하시며 함께 오셨다. 아버지는 아들의 성급한 계획보다 어린 손주들을 흐뭇하게 바라보며 함께한 저녁 식사와 약주 한잔을 더 좋아하셨다.

우리는 2개월의 짧은 시간 동안에 답을 찾아야 하고 이사를 해야 한다. 아파트는 계약 기간에 맞춰 비워줘야 한다. 단 1시간 만에 집이 팔렸다고 당장 하루아침에 땅을 사서 전원주택을 짓고, 2개월 안에 이사까지 한다는 건 비현실적이었다. 우리에겐 시간이 턱없이 부족했고, 시간이 부족하다고 급하게 땅을 찾으면 마음에 쏙 드는 땅을 찾기 어렵다. 그리고 마음에 들지 않는 땅을 시간에 쫓겨 구매하면 나중에 후

회할 일이 생길 것만 같았다. 우리는 마음에 드는 땅을 찾는 동안 시간을 벌어다 줄 임시 거처로 살 집이 필요했다. 방법은 월세, 전세, 매입 3가지가 있다.

그중 첫 번째, 다시 집을 사들이는 건 아니라고 판단했다. 그럴 거면 현재 지내고 있는 집을 나중에 파는 게 더 맞지 않을까? 그리고 땅을 사는 데도 당장 일부 목돈이 필요하니, 다시 집을 매입해서 지내는 것은 후보에서 제외했다. 월세 또는 전세, 남은 건 2가지였다. 월세는 매달 50~60만 원 지출이 발생한다. 땅을 사고 집을 짓는 시간을 계산해 보자. 1년이면 700~800만 원 비용이 발생하고 시간이 계속 흐를수록 그 비용은 증가하고 우리의 마음은 점점 조급해진다. 좋은 선택은 아니라고 생각했다. 마지막으로 전세는 아파트 매매한 비용 중 일부 비용이 전세 보증금으로 사용된다. 그 대신 매달 월세에 대한 고정 지출이 없다. 그러나 전세 계약은 계약 기간이 1년, 2년 정해져 있어서 기간이 자유롭지 않다. 추가로 요즘은 전세 물건 자체가 많지 않아 우리가 지낼만한 곳을 당장 찾기가 쉽지 않았다. 다른 집을 매입히는 깃부터 월세, 전세, 3가지 모두 내 마음에 썩 들지 않았다. 그래도 어떻게든 우리는 답을 찾아야 했다.

그러던 어느 날, 갑자기 머리에 떠오른 장소가 있었다. 장인어른과 장모님께서 함께 장사하시던 시장 속 상가 주택이다. 건물은 작은 평수에 1층 상가와 안쪽 계단으로 이어지는 2층에는 거주용 주택으로 되어있다. 장모님은 이곳에서 수산물 장사하시다가 뇌출혈로 갑자기 쓰러지셨다. 기적적인 큰 수술 후 장인어른과 함께 재활하며 건강을 되찾으셨지만, 예전에 하시던 장사는 다시 시작하지 않으셨다. 그렇게 장사를 그만두고 비어만 있던 곳을 처남이 일부 수리해서 잠시 닭강정을 팔았지만 얼마 되지 않아 다른 일을 찾아 떠나버리고 또다시 비워둔 채로 시간만 흐르고 있었다. 갑자기 나의 머릿속에 떠오른 이 작은 상가 주택이 우리가 잠시 임시 거처 집으로 살기에는 최적의 장소였다.

이곳으로 이사를 해서 생활을 한다면 매달 월세가 들어가지 않고, 새집을 짓고 나면 언제든지 원하는 날짜를 정해 이사를 할 수 있다. 2개월이면 이곳을 잠시 지내는 집으로 내부 수리까지 충분히 가능한 시간이었다. 다음 날, 걱정 많은 부모님을 모시고 현재 시장 속 건물 상태가 어떤지 보러 가게 되었다. 시장에서 물건을 사며 오가는 많은 사람 속에 우리는 이사할 집을 보러 시장 속으로 들어갔다. 옆집은 과일 가게, 앞집은 생선 가게였고 중간에는 핫도그 가게도 있었다. 우리 아이들은 앞으로 벌어질 일들은 모른 채 그저 따끈한 핫도그 하나씩 입에 물고 행복해했고, 엄마는 편안한 아파트 팔고 이게 뭐 하는 거냐고 긴 한숨을 여러 번 쉬었지만, 아내와 나는 같은 마음으로 이곳을 최적의 장소로 선택했다.

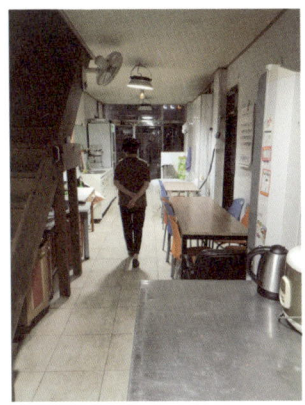

시장에서 닭강정 장사를 하던 공간을 처음 마주하는 엄마의 뒷모습에서 깊은 한숨이 느껴진다.

"인생은 B와 D 사이의 C다"

B는 Birth(탄생), D는 Death(죽음), C는 Choice(선택), 인생은 탄생과 죽음 사이 선택의 연속이다. 프랑스 철학자

장 폴 사르트르가 한 말처럼 우리는 매일 매 순간을 선택하며 살아간다. 자칫 잘못된 선택이 반복되면 잘못된 인생을 만들기도 한다. 아내와 내가 선택한 이곳이 잘못된 선택이 아니길 바라며, 나는 이곳을 또 어떻게 수리하면 우리 가족들이 행복하게 생활할 수 있을지에 대해 파워 J형만의 계획을 하기 시작했다.

2.

두 달 안에 1천만 원으로
내 집 만들기

> **"우리는 답을 찾을 것이다. 늘 그랬듯이."**
>

2014년에 개봉한 미국의 유명한 SF영화 〈인터스텔라〉에서 나오는 대사 중에 내가 정말 좋아하는 명대사가 하나 있다.

"We will find a way, We always have."
"우리는 답을 찾을 것이다. 늘 그랬듯이"

나는 살면서 어떤 문제가 발생하게 되면 이 한마디를 떠올리려고 나의 오른쪽 팔 안쪽에 문신으로 선명하게 새겨두기도 했다. 내가 살아가면서 하나의 신조처럼 지키려고 하는 문장이며, 그만큼 좋아하는 문장이기도 하다. 우리는 매일 하루하루 살아가며 전혀 생각하지 못한 일들을 겪기도 하고, 무언가 계획하여도 계획이 조금씩 빗나가는 일들을 겪는다.

그리고 매번 하나하나씩 다시 선택하고 결정하며 계획과 달라진 삶을 살아간다.

　나의 계획과 조금 다르게 아파트가 너무 일찍 팔렸다. 그래도 부동산에 내놓은 아파트가 팔리지 않고, 시간만 계속 흐르는 것보다 훨씬 낫다. 내 마음은 꿈의 전원주택에 한 발짝 다가선 느낌이 들었다. 그리고 나는 다시 2가지를 계획하고 해결해야 했다. 시장 속 임시 거처를 어린 자식들과 함께 살 수 있게 준비해야 하고, 가격이 너무 비싸지 않으면서 마음에 쏙 드는 땅도 열심히 찾아야 한다. 우리 마음에 드는 좋은 땅은 하루아침에 떡하니 나타나지 않으니, 여유를 가지고 천천히 신중하게 찾아야 20년 30년 후회 없이 살 수 있다.

　두 가지 계획 중 먼저 급한 시장 속 집으로 이사를 해결하고 나서 전원주택 지을 땅을 찾기로 했다. 이사하기 위해서는 상가 주택의 수리가 필요했다. 1층의 장사를 했었던 공간은 거실과 부엌으로 사용하도록 내부를 꾸미고, 외부에서 안쪽이 훤히 보이는 유리문은 집에서 생활할 수 있게 내부가 보이지 않으면서 외부 모습이 어색하지 않도록 바꿔야 했다. 2층에는 안방과 작은방으로 구분되는 방 2개가 있었다. 방 사이로 자그마한 화장실 그리고 작은 욕실이 있어서 아이들과 씻고, 잠을 자며 생활하는 공간으로 계획했다. 나는 계획하는 J형의 소유자니까 이 모든 것을 하나씩 계획표를 만들어 준비하기 시작했다.

시장 속에 내 집 만들기 프로젝트!!

첫째, 모든 것은 두 달 안에 이뤄져야 한다.

둘째, 비용을 최소화해야 한다.

셋째, 사용하던 모든 가전, 가구를 이동 배치해야 한다.

가장 먼저 시장 속 우리의 새로운 보금자리가 되는 이곳에 남아있던 짐 정리와 철거를 했다. 아무도 살지 않는 공간이라 짐이 많지 않았고, 철거 전문업체를 이용하지 않아 비용을 들이지 않고 직접 정리했다. 며칠에 걸쳐 철거를 끝내고 나서 모든 공간에 가로와 세로 높이까지 치수를 확인했다. 우리는 30평이 넘는 아파트에서 18평으로 줄어드는 평수로 이사해야 했다. 넓은 곳에서 사용하던 가전과 가구를 작은 공간으로 이동해야 했기에, 우리가 필요한 위치에 자리를 잡아야 하고, 사용하지 않거나 불필요한 짐들은 모두 버려야만 이사할 수 있었다.

침대는 공간 차지를 많이 하는 프레임을 버리고 매트리스만 사용했고, 장롱과 화장대는 배치할 공간이 없어서 아파트로 이사 오시는 분께 쓰시도록 드리기로 했다. 어설프게 도면을 그려가며 그림 속 공간에 가구를 넣고 빼고 치수가 안되는 것은 위치도 바꿔가며 모든 공간에 예상 배치를 마무리했다.

상상의 배치를 하고 나서도 보관하는 수납공간이 부족하여 남은 짐은 옥상에 창고를 만들어 그곳에 보관하기로 했다. 리모델링의 도배, 장판, 욕실은 각각 전문 업체에 맡겨 진행했고 그 외 페인트칠과 전등 교체, 옥상 꾸미기는 직접 작업하기로 했다. 작은 옥상에는 창고와 함께 가족들과 옥상 캠핑을 즐길 공간으로 만들고 싶었다.

모든 것이 나의 계획처럼 흘러갔다. 예상되는 비용은 1,000만 원 안쪽으로 계산되었다. 욕실 리모델링 비용 350만 원, 1, 2층 도배와 장판 비용 200만 원, 입구와 내부 목 작업 비용 250만 원, 옥상 꾸미는 자재와 기타 비용까지 100만 원 포함해서 1,000만 원에 금액을 맞췄다. 비용 계산까지 끝내고 이사 날짜가 약 한 달 정도 남았을 때였다. 급한 성격에 이것저것 빠르게 진행하다 보니 한 달의 기간도 많이 남았다고 마음의 여유가 넘쳤고, 천천히 인테리어 업체 일정을 맞추면서 이사에 대한 계획 준비를 마쳤다.

나의 여유 있는 마음만큼이나 여유로운 주말이었다. 날씨도 화창한 오후에 회사 내 축구 대회가 있었다. 한참 이사 때문에 바쁜 핑계로 연습 경기도 참여하지 못한 채 대회에 참석하였고, 가볍게 몸을 풀고 들어가 시작한 지 10분 만에 뚝 소리와 함께 나는 혼자 무릎을 잡고 쓰러졌다. 심각한 통증을 느꼈고, 가볍게 다친 느낌이 아니었다. 뚝! 하는 소리와 함께 무언가 끊어지듯이 크게 잘못된 느낌이 들었다. 준비된 구급차를 타고 병원으로 바로 이동했다. 일요일이라 간단한 응급 진료 후 입원 다음 날 MRI 검사 결과 왼쪽 무릎 전방 십자 인대 파열!

모든 게 계획처럼 너무 잘 흐르고 있었던 건가? 왜 하필 이런 중요한 시기에 다리를 다치는 건가? 수술 후 재활까지 몇 개월이 걸리는 큰 부상이 왜 나에게 일어나는 건가? 그것도 다른 선수와 부딪히지도 않고 어이없이 혼자 무릎을 잡고 쓰러졌다. 스스로 자책하고 원망도 했지만 그렇다고 달라지는 건 하나도 없었다.

머릿속은 이사를 위해 해야 할 일들이 잔뜩 떠올랐다. 무슨 일이 있더라도 계약할 때 약속된 이사 날짜는 꼭 지키고 싶었다.

"뭐든 하고자 하면 방법을 찾고, 피하고자 하면 핑계를 찾는다."

나는 핑계 아닌 방법을 찾아야 했고, 이 말을 반드시 행동으로 실천해야만 했다. 다친 무릎의 수술은 월요일 오전에 MRI 검사 후 다행히 그날 저녁에 바로 진행되었다.

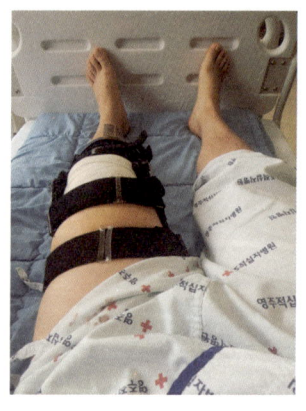

왼쪽 무릎 수술을 마치고 누워서 몸은 못 움직여도 생각은 시장 속 집으로 이사할 계획을 열심히 하고 있다.

생사가 오가는 큰 수술이 아니기에 다행히 수술은 잘 마무리되고 1주일 입원 후 깁스한 다리를 절뚝거리며 퇴원했지만, 이후 1주일은 다리의 통증으로 제대로 걷지를 못했다. 병원에 있는 동안에도 마음은 이사할 집에 계속 머물렀다. 업체에 맡겨서 진행하는 일 중에서 당장 가능한 부분은 일정을 조율하여 먼저 공사 진행을 했고, 퇴원 후에 할 수 있는 나의 일정을 다시 잡아야 했다. 간단하게 작업이 가능한 부분은 가족과 친구들에게까지 도움받고 할 수 있는 사소한 일들은 해결했다. 이사까지 남은 2주 동안은 절뚝거리는 다리로 미처 하지 못한 집 외부 페인트 작업까지 모든 것을 마무리하였다. 그렇게 계약한 날짜에 맞춰 우리 가족은 시장 속 집으로 이사했다.

아이들은 집의 문을 열면 눈앞에 시장이 열리고 맛있는 핫도그 냄새가 코를 자극하며, 장을 보러 나온 많은 사람이 붐비는 이곳을 우리 부부보다 더 좋아했다. 이전에 살았던 아파트와 달리 맘껏 뛰어도 되고, 큰소리를 질러도 되고, 복층처럼 계단을 오르내리는 1, 2층의 구조까지 이 모든 것이 아이들에게는 재밌고 행복한 곳이었다.

나는 일상생활에는 지장이 없지만, 다치기 전과 같이 뛰며 축구를 할 수 있는 건강한 다리 한쪽을 잃었다. 그러나 아이들이 그토록 좋아하는 새로운 보금자리를 얻었다. 직장에서는 매일 약 1만 보 이상 걸으며 일을 하기에 고민 끝에 3개월의 병가 휴직을 냈다. 다시 출근하기 전까지 정상적으로 걷고 움직일 수 있도록 재활 기간을 가지기로 했다. 그 3개월이라는 짧은 시간 동안 무릎 재활과 함께 집안일하고 아이들을 등원시키고, 아내가 출근하면 혼자 집을 지켜가며 시간을 보냈다. 아이들은 회사를 가지 않고 집에만 있는 아빠가 처음에는 어색했지만 이내 집돌이 아빠의 존재가 당연해지며 바뀐 집처럼 바뀐 아빠의 모습에 너무 행복해했다.

지금은 수술했던 다리를 예전처럼 건강하게 회복했지만, 그 이후에도 지금까지 한 번도 축구를 하지 않았다. 내 인생에 축구는 잃었지만, 가족과 함께하는 시간에 대한 소중함을 얻었다. 그 순간에 아이들의 행복함을 잊을 수 없어서 무릎을 다치기 전 개인적인 시간으로만 바빴던 그 시간으로는 이제 다시 돌아갈 수가 없다.

그리고 특별히 하나 더 잃은 게 있다면 아내의 마음 한구석 작은 곳을 잃었다. 아내는 이사까지 모든 게 다 정리되면 아이들과 반딧불 투어가 유명한 코타키나발루행 해외여행을 가자며 여행 패키지를 예약했었다. 그러나 예약한 지 단 하루 만에 나의 무릎 수술로 인해 가족 해외여행은 수수료까지 내면서 취소하게 되었다.

아내는 그때 "내년에 다시 가면 되지 뭐"라고 말했지만, 그해가 지나고 코로나 19라는 바이러스가 발생할 것이라는 건 아무도 상상하지 못했다. 그 이후 나에게 코타키나발루는 금지어가 되었다. 누군가 우리 옆에서 코타키나발루 여행을 간다며 이야기할 때면, 그날은 하루 내내 아내의 눈치를 보게 된다. 또 하나 반딧불도 나의 사전에 금지어로 저장되었다. 최근 가수 황가람의 〈나는 반딧불〉이라는 노래가 유행하며, 집에서 아이들까지 자꾸 이 노래를 따라 부른다. 그럴 때마다 아내의 매서운 눈초리를 나는 아직도 무척 신경 쓰고 있다.

리모델링을 마친 시장 속 집의 모습! 이곳이 지금까지 살았던 집 중에서 아이들이 가장 좋아했던 집이다.

3.
잠시 욕망을 멈추고
선택한 평온한 일상

"멈추면 비로소 보이는 것들."
– 혜민 스님

3개월의 휴직은 나에게 많은 시간을 줬다. 아침마다 아이들을 챙겨 유치원으로 보내고 아내까지 도시락을 챙겨 직장을 보내면서 나의 휴직 생활의 하루 루틴이 시작되었다. 오전에는 간단하게 집 안 청소와 설거지를 하고 나서, 수술한 왼쪽 무릎의 재활을 했다. 그리고 오후에는 전원주택을 짓기 위한 명당 같은 땅을 찾아다녔다. 어떤 곳이 명당이며, 우리 가족에게 맞는 땅일까? 가장 먼저 1시간 만에 아파트 매매를 만들어준 부동산 판매의 대가(?) 사장님을 찾아가 보았다. 한번 계약을 해서 그런지 반갑게 인사를 한 후 커피 한 잔을 마시며 이야기를 시작했다.

"전원주택으로 생각하고 계시는 땅의 위치나 동네 그리고 땅의 금액, 평수 뭐 이런 게 있으신가요?"라고 묻는 사장님의 말에 이런저런 생각은 많았지만, 뭐라 얘기할지 머릿속이 정리되지 않은 상태였기에 말로 정확하게 표현하지 못했다.

"딱히 아직은 음~ 정확하게 정하지는 못했어요."

강력한 계획 J형의 소유자라는 자부심이 살짝 의기소침해지는 순간이었다. 물론 땅의 위치, 평수, 금액 생각을 하지 않은 건 아니었다. 그러나 명확하고 세부적인 기준이 없었다. '평수는 300평이면 딱 좋지만 500평이어도 되고 700평이면 또 어떨까?' '금액은 1억 이하면 좋지만, 마음에 드는 땅이면 그 이상 가격이면 어떨까? 그래도 가능하지 않을까?' 그렇게 아무 말 없이 혼자 생각했다.

부동산 판매의 대가(?) 사장님은 아직 내가 갈 길이 멀었다는 걸 잘 알겠다는 듯이 웃으시면서 "오늘 바로 결정하고 사는 건 아니니까 괜찮은 땅 매물을 몇 건 정도 소개해 드릴게요. 천천히 한번 보세요."라고 하시면서 책상에 앉아 인터넷 지도 앱을 켜놓고, 관심이 갈 만한 몇 건의 땅을 보여주셨다.

인터넷 쇼핑몰에서 옷을 쇼핑하듯이 모니터 속 지도를 펼쳐놓고 지번을 검색하여 땅의 모양을 확인했다. 마음에 드는 땅은 로드뷰로 실물을 모니터로 확인했다. 즉시 구매와 상관없이 이 땅, 저 땅 구경하며 눈으로 보는 것만으로 벌써 좋은 땅을 구매한 것처럼 마냥 즐거웠다. 금방 우리의 땅이 될 것만 같았다.

집으로 돌아와서는 마음에 드는 땅에 대해 아내와 다시 의논했다. 우리가 원하는 위치, 평수, 금액에 적합한 곳일까? 그리고 추가로 고려해야 할 것들에 대해 하나씩 정리하며 점점 뚜렷하게 우리의 기준을 만들었다. 그렇게 몇 달을 다시 고민하고 여기저기 땅을 찾아보며 우리 나름대로 명당을 발견하는 눈을 높이고 언제 찾아올지 모르는 좋은 땅을 바로 낚아챌 기회를 준비했다.

눈으로 배우고 몸으로 경험하며 우리 부부가 고민했던 땅의 기준이 생겼다. 무엇보다 금액이 가장 중요할 수 있겠지만, 땅의 크기와 방향 그리고 어떻게 생겼는지, 땅의 모양도 중요한 부분이다. 이런 모든 조건에 맞고 마음에 드는 땅이라고 덜컥 구매했다가 길이 없는 맹지이거나 집을 지을 수 없는 용도인지 자세히 모르면 큰 문제가 생길 수 있으니 확실하게 알아봐야 한다. 우리가 전원주택을 짓는 땅 기준에 대해서는 마지막에 부록으로 남겨놓았다. 모두에게 정답은 아니지만, 시골에 땅을 매입하고 집 지을 계획이면 조금은 참고해도 좋다.

그런 우리만의 기준을 가지고 주말에 아내와 함께 미리 검색했던 작은 마을에 풍경이 좋은 땅을 찾아 나섰다. 옛말에 멋진 풍경은 오르막의 경사도와 정비례한다고 했다. 우리는 낮은 곳의 풍경보다 조금 더 올라가면 더 멋진 풍경을 찾을 것만 같았다. 차 한 대 겨우 지나가는 꼬불꼬불 좁은 길을 계속 올라가다가 예상하지 못한 문제가 생겼다. 우리가 정한 땅이 만약 경사가 가파르고 좁은 길이라면 아내까지 문제없이 운전해서 다닐 수 있어야 했다. 그렇게 아내는 처음 가보는 좁은 오르막의 산길을 운전했다. 나는 조수석에 앉아 "여기 경치 좋은데, 앞으로 조금 더 가볼까?" 그렇게 말하다가 깜짝 놀라 아내에게 급히 소리쳤다.

"어…, 어…, 어?? 브레이크!!!!!"

풍경에 눈이 멀어 앞으로 고꾸라져버린 차량

풍경에 대한 넘치는 욕심이었을까? 풍경에 눈이 멀어 앞을
못 보았을까? 아내가 운전한 차량이 낭떠러지로 떨어지듯이
앞쪽으로 쏠리며 떨어졌다. 운행 속도가 빠르지 않아서 다행
히 차량 하부가 돌에 걸리며 더는 움직이지 않았다. 조수석
에 앉은 나는 순간적으로 높고 좁은 시골길에서 마치 놀이동
산에 롤러코스터를 타는 것만 같았나. 차는 앞으로 더 갈 수
없었고, 뒤로는 바퀴만 헛돌며 움직이지 않았다.

앞뒤로 움직이지 못하는 차량을 꺼내기 위해 급히 견인 차량을 불렀지만, 이곳이 어딘지 모를 산속에 우리의 위치를 파악하기가 어려웠다. 주변에 보이는 건 온통 푸른 숲이며, 좁은 길 하나뿐이었다. 높은 곳에서 내려다보는 풍경만 바라보며 길 따라 운전해 오면서 우리조차 우리가 어디에 있는지 몰랐다. 레커 차량 기사님과 몇 번을 통화하며 상당한 시간이 걸려서야 구조가 되어 내려온 뒤, 우리에겐 추가적인 고려 사항이 생겼다. 깜깜한 밤에도 누구나 쉽게 운전할 수 있는 넓은 도로가 있어야 한다. 풍경이 아름다워도 너무 외지고 높은 위치의 땅은 걸러야 한다.

작은 사고로 의기소침해 있던 어느 날, 우리는 또 한 번 괜찮은 땅을 마주했다. 부동산에 매매하기 위해 등록된 땅은 아니었고, 우리가 이 동네에 집 지을 땅을 찾는다고 하니 마을에 아시는 분을 통해 서로를 연결해 주셨다. 그러나 소개받은 땅은 우리가 생각한 기준보다 평수가 너무 넓었다. 우리는 300평에서 넓게는 500평이면 충분했지만, 그 땅은 1,000평이 조금 넘는 면적이었다. 땅 크기가 많이 컸지만, 다행히 네모반듯한 모양에 남향의 땅이었다.

이렇게 큰 땅은 우리에게 필요가 없었다. 땅의 크기도 중요하지만, 그보다 금액은 더 중요했다. 우리가 정한 1억의 금액으로 가능한 평당 가격은 10만 원 정도지만 그 동네의 땅 시세는 평당 20~25만 원이었다. 우리 기준의 금액보다 2배에서 3배까지 돼야 구매할 수 있었다. 예상을 넘는 큰 금액이었지만 1년 가까운 시간 동안 땅을 찾아 헤매다 보니 무리해서라도 이 땅을 사서 이제 땅 찾아 삼만리의 끝을 보고 싶었다.

땅의 크기와 금액까지 우리가 세운 기준에는 전혀 맞지 않았다. 그런데도 마음에 드는 땅 찾는 게 지쳤는지, 우리는 무리해서라도 사고 싶다는 뜻을 땅 주인분에게 전달했다. 그리고 며칠 후 땅 주인아저씨에게서 예상 밖의 대답이 돌아왔다.

"이 땅은 평당 40만 원으로, 전체 4억에 팔겠습니다."

우리는 내심 '평당 20~25만 원 정도 예상되는 땅을 평당 15~18만 원으로 깎아주시지 않을까?' '동네 잘 아시는 분 소개로 이렇게 찾아왔는데 그래도 가격을 잘해 주시겠지?' 하는 생각이었다. 그런데 땅 주의의 대답을 듣고 혼자 김칫국을 사발로 들이키다 콧구멍으로 김치 한 조각이 왈칵 튀어나오는 듯 머릿속이 따끔했다.

부동산에 등록된 땅이 아닌데도 우리가 이곳을 먼저 사고 싶다고 연락해서일까, 아니면 막상 땅을 팔려니 아깝고 소중해진 것일까, 동네 시세의 금액보다 비싼 금액으로 판매하시려고 생각하셨던 것일지도 모른다. 아무튼 우리 생각과는 전혀 맞지 않는 금액으로 기분까지 조금 상했지만, 다소 정중하게(?) 구매를 거절했다. 그리고 다시 처음부터 땅을 찾으려니 뭔가 기운이 쏙 빠졌다.

'정말 이렇게 시골 풍경 속 전원주택이 우리 가족에게 올바른 선택인 걸까?' '아직 나이가 어린 애들을 키우는데, 전원주택이 지금 시기가 맞을까?' 우리는 많은 생각이 들었고, 한동안 그런 생각으로 머릿속이 복잡할 때 첫째 아이가 초등학교에 입학하게 되었다. 우린 그렇게 잠시 전원주택의 꿈을 멈췄다. 그리고 초등학교와 가까운 곳에 있는 일반 주택으로 다시 이사했고, 아이들은 도보 3분 거리에 학교를 다니며 학원까지 문제없이 다니게 되었다. 직장으로는 각각 차량 5분과 10분이 소요되었고 가족 모두가 감내할 부분 하나 없이 편안한 삶이었다.

"멈추면 비로소 보이는 것들"

나는 전원주택에 대한 욕망으로 수준에 맞지 않는 크기와 금액에도 그 땅을 사기 위해 계속 추진하려고 했다. 모든 것이 나의 계획처럼 잘 되고 있다고 생각했지만, 나에게는 보이지 않는 곳곳에 해결해야 하는 문제가 많이 숨어있었다.

혜민 스님의 유명한 책의 제목처럼 우리는 전원주택의 욕망을 멈추고 나서야 아이들의 어린 시기에 맞는 안정된 생활이 보였고 지금 우리가 지켜가야 하는 삶이 보였다. 그리고 나는 이제 잠시나마 정말 평온한 마음을 느꼈다.

아이들 학교 근처로 이사한 후, 우리가 이사 전 1,000만 원을 들여 수리한 시장 속 상가 주택 집은 어떻게 되었을까? 그곳은 월세 계약으로 세입자를 받아 매달 50만 원 이상의 수입을 만들게 되었다. 2020년부터 시작되어 벌써 5년이 지났다. 그 돈으로 리모델링의 모든 비용을 이미 회수하였고 장인, 장모님의 건물 잔여 대출금까지 전부 해결해 드렸다. 모든 일이 나의 계획처럼 문제없이 잘되지는 않았지만, 그렇게 선택한 지난 일들이 시간이 지나고 보면 전혀 나쁜 결과는 없었다.

4.

계획을 세우고
그다음은 빠른 실행이지!

"행동의 가치는 그 행동을 끝까지 이루는 데 있다."

– 칭기즈칸

겨울이 지나고 따뜻한 봄이 오는 시점! 따뜻한 이불 속이 너무나 행복한 일요일 아침이었다. 평소에는 해 뜨자마자 부산스레 움직이며 계획한 일들로 하루를 시작하지만, 그날은 특별히 계획된 할 일이 없어서 그런지 한동안 이불에서 나오지 못하고 뒹굴뒹굴 세월없이 흘러가는 시간을 그냥 흘려보내고 있었다. 갑자기 무언가 떠오른 아내가 방으로 급하게 들어와 나에게 말을 꺼냈다.

"아 참, 어제 신문을 보다가 괜찮아 보이는 시골집이 하나 나왔는데 평수도 괜찮고, 위치도 좋은데 한번 볼래?"

아내는 뜬금없이 땅이 아닌 시골집 얘기를 했다. 초등학교 근처 주택으로 이사한 후, 전원주택에 관한 생각을 잠시 멈춘 건지, 미련을 버린 건지, 난 전혀 땅에 대해 생각을 안 했는데, 아내는 이사 후에도 신문에 나오는 땅과 집 매물들을 계속 주시하고 있었다.

"갑자기 뜬금없이 무슨 시골집이야? 우리 이곳으로 이사한 지 이제 얼마나 됐다고?"

놀라서 묻는 나의 말 한마디에 아내는 대답했다.

"그냥 구경이라도 하는 거지, 정말 마음에 들면 우리만의 세컨하우스를 가질 수도 있잖아?"

아내는 이사가 아닌 금전적으로 여유가 있는 사람들이 가질 수 있는 또 하나의 집을 이야기했다.

"세컨하우스라고?? 전원주택의 욕망을 아직 포기 안 했네? 그동안 말없이 계속 찾아본 거야?"

나는 전혀 몰랐던 일이었다. 아내는 나와 다르게 아직 전원주택에 대한 욕망의 불씨가 남아 있는 듯이 얘기했다.

"지금까지 우리가 땅을 알아본 시간도 있고, 마음에 드는 곳이 또 있으면 세컨하우스가 되었든, 나중에 집을 짓든 할 수 있잖아? 그리고 그동안 계속 찾아보던 습관이 있어서 말이야. 어제 신문을 보다가 우리가 지난번에 관심이 있던 위치에 시골집이 하나 매물로 나왔더라고."

그렇게 말하는 아내의 숨겨왔던 집요한 습관에 살짝 놀랐다. 나는 아내에게서 주소와 집에 대한 간단한 소개 그리고 집 주인분 연락처가 적힌 신문을 받았다. 신문에 나온 곳은 예전에 캠핑을 갔다 오는 길에 들렸던 풍경이 좋은 카페 근처에 위치한 집이었다. 커피를 마시면서 바라본 경치가 너무 좋아서 차를 타고 그 동네 한 바퀴를 다 돌아보며 생각지도 못한 풍경 좋은 곳이 있구나, 이런 곳에 집 짓고 살고 싶다고 생각했던 정말 몇 군데 되지 않은 마을 리스트 중 하나였다.

땅 평수는 넓지도 적지도 않은 딱 200평이었고, 추가로 시골집 하나가 포함된 매물이었다. 가격은 1억 2천만 원으로 주인이 직접 신문에 내놓아 직거래할 수 있는 시골집이었다. 핸드폰으로 지도 앱을 켜서 지번을 검색하고 로드뷰를 확인해 봤는데 핸드폰에서 보이는 집이 나무에 가려 자세히 보이지 않고 긴가민가했다. '이불 속에서 계속 누워 있으면 뭐 하나, 직접 눈으로 보고 아니면 말지 뭐' 그런 생각으로 신문에 나온 연락처를 누르고 바로 전화를 걸었다.

"안녕하세요. 신문에 나온 집 보고 전화했습니다. 아직 매매가 안 되었다면 오늘 한번 보러 가도 될까요?"

나의 갑작스러운 말에 조금은 퉁명스럽고, 조금은 별생각 없는듯한 목소리로 "네~ 보러 오세요."라는 한마디 대답을 듣고 우리는 시골집 보러 갈 준비를 시작했다. 우리는 오랜만에 땅이 아닌 작은 시골집 구경에 기분이 꽤 들떴다. 나의 신난 마음을 느끼고는 아이들은 아빠 엄마와 함께 어디 여행 가는가 싶어 신이 났고, 통화하다가 심심해서 함께 가고 싶어 하는 엄마가 뒷좌석 한자리를 차지하고 우리는 다 함께 시골집을 보러 출발했다.

시골집과의 거리는 집에서 차량으로 30분~40분 정도 소요되었다. 설렘 가득한 마음이어서 그런지 생각보다 일찍 시골집에 도착했다. 우리는 먼저 집 주변을 둘러봤다. 집 뒤쪽으로 태백산맥이 두르고 앞쪽으로는 낙동강이 흐르면서 산과 강이 함께 어우러진 배산임수 명당의 풍경이었다. 아쉬운 점은 집으로 올라가는 길의 경사가 생각보다 심해서, 익숙하지 않으면 차량 진입이 조금 걱정됐다. 이전에 전원주택 짓는 땅을 찾다 고꾸라진 차량이 또 생각나기도 했다.

또 한 가지 아쉬움은 냄새였다. 집 마당에 들어섰을 때 수십 개의 장독대가 있었고 된장 냄새, 고추장 냄새와 시골에서만 맡을 수 있는 냄새들이 어우러지며 풍겼다. 개인 용도로 사용하기에는 많은 양으로 보였는데 나중에 아주머니께 여쭤보니 집으로 지내면서 된장, 고추장 사업을 하는 곳이었다. 그렇게 집 주변을 한 번씩 쓱 둘러보고서 우리는 집 안으로 들어가 보았다. 집에 계시는 아주머니의 안내에 따라 집 안쪽 방과 화장실을 하나씩 둘러보았다. 그리고 잠시 소파에 앉아 이 시골집에 대해 아주머니의 간단한 소개를 듣고 난 후 다시 앞마당으로 나와서 이곳저곳 좀 더 세세하게 둘러보았다.

시골집은 30년이 넘어서 그런지 허름했고, 세월만큼 많은 물건이 쌓여있었다. 곳곳에 장독대에서 나는 장 냄새에 엄마는 연신 같은 말을 반복했다.

"어설프다. 너무 어설퍼, 된장 냄새가 너무 심하다."

마당에서 보이는 맑은 낙동강과 푸른 태백산의 풍경, 그리고 가까이에서 볼 수 있는 많은 장독대와 허름한 시골집

마치 서울 토박이 아주머니가 시골에 처음 온 듯 어설프다, 냄새난다, 불평만 하다가 여긴 너희가 살 만한 곳이 아니라며 혼자만 재빨리 차에 올라타셨다. 아내와 나는 전에 한번 이 동네를 와서 알았지만, 이 마을의 풍경을 보면 한적하면서 마음이 평온해지는 것을 느꼈다. 정말 최근 본 것 중에 가장 풍경이 좋다고 생각하면서 우리는 여기저기 곳곳을 조금 더 둘러보고 나서 집으로 돌아왔다.

　집으로 돌아온 후에도 아내는 그 시골집과 평온한 풍경이 머릿속에 계속 맴돌았다고 한다. 단지 우리의 문제는 1억 2천이라는 금액이었다. 집값으로 비싼 금액이라기보다는 이사를 한 지 얼마 지나지 않았고, 현실적으로 우리에게 그만큼의 경제적인 여유가 없었다. '아주머니에게 사정을 잘 이야기하면 1억이면 될까?' '1억 원 아래는 안 될까?' '여기저기 은행 대출까지 박박 긁어보면 얼마까지 만들 수 있을까?' '대출까지 하면서 이 집을 꼭 사야 할까?' 돈이 많으면 하지 않았어도 될, 그런 불필요한 많은 생각을 하면서도 이 시골집을 가지고 싶은 욕망은 밤새 줄어들지 않았다. 비몽사몽 뜬눈으로 잠을 설치며 아침을 맞이한 나에게 꿀잠을 잔 듯한 아내는 말했다.

"자기야 우리 어제 그 시골집 사자!"

아내는 깊은 밤 꿈속에서 오랜 고민 끝에 대단한 결심을 하듯이 말하며 우리가 구매할 수 있는 현실적인 금액까지 정해서 말했다.

"1억 2천만 원까지는 어렵고, 8천만 원!"
"나는 8천만 원이면 딱 좋겠어! 그 시골집 우리가 사자!"

처음에는 어이없었던 그 한마디를 시작으로 결국 우리는 아내가 말했던 8천만 원에 그 시골집을 사게 되었다.

5.

3번의 통화로 30% 깎은
시골집 구매 기술

**"협상이란 언제나 준비된 자가 이긴다. 거절할 수 없는 제
안을 해라."**
　　　　　　　　　　　　　　　　　　　　　　– 영화 〈대부〉에서

하룻밤 새 짧게 고민한 끝에 아내는 그 시골집을 사기로
마음먹었다. 사실 나는 밤새 고민은 하였지만, 아내만큼 그
시골집에 대한 마음이 크지 않았다. 지금 우리의 형편에 그
시골집을 사도 되는지, 그게 정말 괜찮은 선택인지 판단이
되지 않았다. 그래서 시골집이 마음에 드는 것보다, 아마 1억
2천만 원이라는 가격이 내 마음을 조금 망설이게 한 것이라
느꼈다. 아내는 그 시골집에 마음이 꽂힌 듯이 힘을 주며 말
했다.

"우리 그 시골집 사자. 지금까지 본 땅이며, 본 집이며 그
중에서 가장 마음에 들어!! 대신에 가격이 생각보다 비싸니
까 얘기를 잘해서 조율이 필요해."

나는 하루 만에 그 시골집에 대한 마음이 가득해진 아내에게 집을 사는 데 얼마까지 생각하는지 물어봤다.

"음~ 8천만 원이면 좋겠어!! 그리고 자기가 한번 전화해봐! 원래 아주머니한테는 젊은 남자가 전화해야 잘 통하는 법이야."

서로의 신뢰가 중요하고 서로 믿음이 강해야 하는 게 부부다. 그러나 아내의 저 말은 나조차 믿어야 하나 싶을 만큼 받아들이기 어려웠다. 뜬금 여자에게는 남자가 얘기해야 잘 되고 남자에게는 여자가 이야기해야 협상이 잘 된다는 처음 들어보는 협상의 기술에 대해 아내는 오래된 고전의 진리처럼 이야기했다.

1억 2천만 원 시골집을 하루 만에, 그리고 말 한마디에 8천만 원으로 가격을 30% 후려쳐서 사겠다고 하는 건, 아내가 욕은 나보고 대신 먹으라고 시키는 건가 싶었다. 그래 아내 말이 뭐 맞을 수도 있지, 억지로 신뢰하며 욕도 한번 먹으면 되는 거라 생각했지만, 막상 욕먹고 집도 못 사면 더 속상할 것 같았다. 그래서 나는 아내에게 다시 한번 물었다.

"그래 8천만 원! 내가 얘기는 해 볼게. 근데 정말 8천만 원으로 어렵다면? 아주머니가 절대 안 된다고 한다면? 그래도 꼭 그 시골집을 가지고 싶다면 자기 생각에 마지노선은 얼마야??"

나의 질문에 아내는 **"음. 마지노선 딱 9천만 원!"**

그 이상은 살 수 없다고 못 박았다. 그 말을 남기고 아이들은 학교 가고 아내도 직장으로 출근했다. 나는 교대 근무로 오후 4시 출근이라 오전부터 시골집 계약에 성공할 수 있게 머릿속으로 시나리오를 계획했다. 첫째, 심한 욕 먹을 마음 준비와 두 번째는 어떻게든 9천만 원까지 협상을 성공시킬 방법을 생각했다. 그리고 집에서 대충 점심을 먹고 난 후, 식사 시간을 지나 시골집 주인아주머니께 전화를 걸었다. 식사 전이면 배고픔에 아주머니가 예민할 수 있고, 그럼 계약의 성사보다 욕 한 바가지 먹을 가능성이 더 커질 수 있었다.

"안녕하세요!! 어제 그 집을 보고 왔던 사람입니다.
제가 그 집 사고 싶어 다시 연락을 드렸습니다."

아주머니는 집을 보러 갔을 때처럼 여전히 조금 퉁명스럽게 "아 네 그러세요?"라며 대답을 하셨다. 나는 다시 "네! 근데 저기 가격을 좀 낮춰 주시면 좋겠습니다."라며 넌지시 말하였고, 아주머니는 "얼마를 생각하시는데요?"라고 바로 되물었다.

나는 심한 욕을 듣지는 않을까, 걱정스러운 마음에 조금 자신감 없고 작아지는 목소리로 대답했다.

"저기 팔~천만 원이요."

작은 목소리로 말을 떼고 나서 심한 말이 들려오겠지, 예상하며 귀에서 핸드폰을 살짝 떼어놓는 찰나, 아주머니는 깜짝 놀라며 대답과 동시에 전화를 끊었다.

"네? 8천만 원이요? 제가 다시 전화할게요."

역시나 우리가 제시한 가격이 터무니없었다. 기분이 상하셨다고 생각했다. 그래도 심한 욕은 안 먹었다며 살짝 다행이라고 생각도 했다. 근데 그러고 나서 보니, 왜 급하게 전화를 끊으셨는지 잘 모르겠다. 가격이 터무니없으면 생각하시는 조율 가능한 금액을 얘기해 주시거나, 그 가격에는 팔 수 없다고 하시거나, 그런 생각을 하는 찰나에 다시 집주인 아주머니께 전화가 왔다.

"저기 좀 전에 8천만 원이라고 했어요?"

"네! 금액이 차이가 좀 나지만 전체적으로 집수리도 해야 할 것 같고 저희가 구매 후에도 이런저런 뒷돈이 많이 들어갈 거 같아요. 그 집이 오래된 집이기도 하고요."

나는 상황에 맞는지도 모르는 핑계 아닌 이야기를 주절주절하였고, 아주머니는 "음~~ 좀 당황스럽네요. 일단 신랑하고 얘기를 좀 나눠보고 다시 연락을 드릴게요."라며 또 전화를 끊었다.

그렇게 10분 만에 2번째 통화를 마치고 나는 생각했다. 다행히 화를 내시지 않으니, 금액 조율은 가능할 것 같았다. '아마 신랑분과 상의하시고 내일쯤 전화가 오겠지? 그럼 다시, 금액 조율이 들어가서 그쪽에서 1억 정도 얘기하시면 거기서 난 다시 한번 조율해서 9천만 원으로 최종 성사를 만들어야겠다.' 파워 J 계획형의 소유자인 나는 내일의 시나리오를 미리 계획하고 준비했다. 그러나 나의 예상과는 다르게 10분 만에 또다시 전화가 왔다. 그렇게 세 번째 통화가 연결되었다. 아주머니는 이전과는 다르게 훨씬 부드럽고 침착한 말투였다.

"근데 8천만 원은 진짜 너무 심한 거 같고, 이전에 9천만 원까지도 얘기가 됐었는데 그때는 그 가격도 우리가 안 된다고 거절했거든요. 8천만 원까지는 조금 어렵고, 9천만 원까지만 다시 생각해 줘요."

나는 순간 9천만 원까지 얘기하실 거라고 전혀 생각하지 못하면서 주인아주머니가 생각하는 금액과 우리의 금액 차이가 크지 않다고 느꼈다. 그리고 아주머니가 지금 시골집을 팔고 싶어서 우리를 놓치고 싶지 않아 한다는 생각이 0.5초의 짧은 시간 안에 머릿속을 번뜩거렸다. 지금부터 2가지를 빠르게 해결해야 한다. 먼저 1천만 원에 대한 금액 차이를 해결! 두 번째는 최대한 빠른 계약이다. (아주머니 마음이 혹시나 시간 지나면 바뀔 수 있다)

나는 아까 이야기하지 못한 핑계를 또다시 이것저것 늘어놓기 시작했다. 지금 우리나라 경제와 경기 침체가 너무 어렵고, 코로나가 시작되어 나라 시국이 좋지 않으며, 이런저런 이야기를 붙여가며 젊은 사람에게 1천만 원은 좀 더 양보해 주시길 부탁드렸다. 그리고 저희에게 넓은 아량으로 양보해 주신다면 내일 당장 계약서를 작성하고 이사는 원하시는 날짜가 언제가 되든 그날까지 여유 있게 기다리겠다고 2차 걱정이 들지 않게 말씀드렸다.

성격이 급한 것도 있지만 아파트 팔 때처럼 마음먹었을 때 거래를 빠르게 마무리 짓는 것이 내가 가진 특별한 협상의 기술이다. 아주머니는 최종적으로 신랑님과 통화한 후, 그렇게 하겠다고 내일 계약서를 준비해서 방문하라고 하셨다.

우리는 30분 동안 3통의 전화를 마치고 1억 2천만 원짜리 땅 200평과 함께 시골집을 8천만 원에 매매 계약을 약속하게 되었다.

짧은 시간 동안 모든 협상이 끝나고 난 오후 2시! 나는 직장에서 일하고 있는 아내에게 문자를 보내며, 기쁜 마음으로 여유롭게 회사 출근했다.

"우리 8천만 원이면 그 시골집 확실히 사는 거지??
내일 계약하기로 했으니까, 계약금 미리 준비해!"

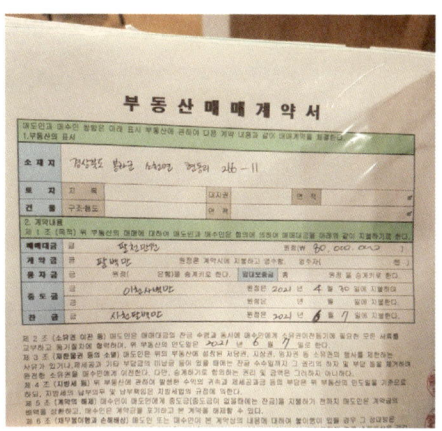
하루 만에 4천만 원을 조율해서 계약한 시골집 계약서

아내는 전혀 예상 못 했는지 깜짝 놀라 전화를 했다. 나는 아내에게 계약 상황을 설명했고, 다음 날 시골집을 계약했다. 우리는 지금도 그날 있었던 협상에 대해 말한다. 아내가 얘기한 방법처럼 아주머니는 젊은 남자가 상대해야 하는 건지, 아니면 내가 대화를 통해 금액 협상을 잘 본 것인지를 가지고 서로의 협상 기술이 더 잘 통했다며 각자 자신을 추켜세우고 한다.

"협상이란 언제나 준비된 자가 이긴다.
거절할 수 없는 세안을 해라."

1973년 미국의 걸작 영화 〈대부〉의 명대사이다. 우리는 시골집 협상에 앞서 나름의 시나리오를 계획하고, 욕먹을 각오까지 하며 준비했다. 하지만 주인아주머니는 오랫동안 팔리지 않은 시골집을 급하게 매매해야 하는 상황이라, 생각보다 적은 금액에도 불구하고 우리의 제안을 거절할 수 없었던 것 같았다.

협상의 기술도 중요하지만, 가장 중요한 것은 그 시기에 맞는 타이밍이었다. 그날 우리는 인생 최고의 타이밍이었던 거 같다.

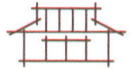

빛나는 삶, 빛나는 오늘

어차피 선택해야 한다면
후회 없는 선택을!

많은 선택 중 우리가 덜컥 선택한 시골집이 아직은 올바른 방향인지 확신할 수 없다. 어떤 선택이든지 스스로 믿고 후회하지 않으며, 조금 씩 앞으로 나아가는 게 중요하다. 우리는 시골집에서 바라보는 이 풍 경을 믿었다.

2장

우리의 계획도
시작은 그럴싸했다

허름한 시골집을 모두의 세컨하우스로

누구나 계획은 있다.
그러나 계획처럼 다 되지 않는 게 현실이다.
그렇다고 실망할 필요는 없다.
빗나간 계획은 무언가를 실천했다는 의미다.
그리고 조금씩 나만의 방향을 잡으며 나아가면 된다.

1.

풍경을 보고
더 사랑하게 되는 시골집

"가면을 통해 추한 걸 가릴 수도 있겠지만, 아름다움도 같
이 가려지게 되는 것이다."
— 패션 디자이너 알렉산더 맥퀸

코로나 19가 한참 유행했던 2021년 4월, 우리는 전원주택
에 대한 욕망으로 시골 세컨하우스를 계약하게 되었다. 하루
만에 계약서를 쓰면서 약속한 여유 있는 이사 기간까지 어느
새 모두 지나가고, 어렵사리 돈을 끌어모아 잔금까지 드리
면서 모든 계약은 6월이 돼서야 끝이 났다. 드디어 우리에게
첫 세컨하우스가 생겼다.

꿈만 같던 우리의 세컨하우스가 '짜잔' 하고 나타나서 부자
처럼 이집 저집 오가면서 인생을 즐기고 모든 게 해피 엔딩
인 거 같았지만, 끝이 아닌 이제 시작이었다. 전 주인께서 이
사를 나간 뒤에도 우리가 시골집에서 쓸까 봐 두고 가셨는
지, 아니면 쓸 만한 것만 가지고 이사 가셨는지, 버려야 되는

짐이 가득했고, 주말에 한 번씩 올 때마다 대청소를 여러 번 거쳐야 했다.

집은 전체적인 리모델링이 필요했지만, 우리에게 당장 그럴 만한 돈이 없었다. 대출까지 들여서 시골집을 구매했는데, 또 리모델링으로 돈 생각이라니, 어휴~ 아직은 아무 생각 하지 않기로 했다. 날씨는 무덥고 이제 곧 여름 휴가철이었다. 계속되는 코로나가 유행이라 가까운 어디라도 여행을 가지 못했기에 우리는 우리만의 세컨하우스에서 여름휴가를 그저 즐기기로 계획했다. 일도 즐겁게 하면 노동이 아닌 놀이가 된다. 지금은 새로운 것을 가진 기쁨에 노동하면서도 그저 놀이처럼 즐거웠다. 주말농장처럼 주말마다 시골집에 와서 청소하고 정리했다. 청소를 마친 저녁에는 고기를 구워 먹기도 하고, 마당 한쪽에는 작게 아이들 수영장을 만들어 놓고, 아이들과 시원한 물놀이를 즐기며 코로나 시절의 여름 휴가를 보냈다.

그러나 나는 세컨하우스를 몇 번씩 즐기면서도 마음 한구석이 찜찜하고 이것저것 방법을 고민해 보아도 답답한 부분이 딱 하나 있었다. 시골집 앞마당의 절반을 차지하고 있는 그것!! 작은 집이라도 할 정도의 큰 창고가 있었다. 예전에는 일하는 직원들의 숙소로 사용하셨다고 하니 시골집에 달린 또 하나의 작은 집이었다.

나는 이 시골집에 올 때마다 창고로 인해 답답함을 느꼈다. 풍경을 가리고 있는 이 창고가 내 마음에 들지 않아 하루빨리 치우고 싶었지만 어떻게 정리해야 할지 고민스러웠다. 그러던 어느 날, 친구의 추천으로 당근마켓 중고 나눔 앱이 한참 유행이라며 소개받았다. 무료 나눔으로 창고를 등록하면 철거부터 자재까지 전부 챙겨 간다는 것에 귀가 솔깃하여 즉시 사진을 찍어 당근마켓에 등록해 보았다. 정말 하루 만에 여러 명이 연락이 왔고, 그중 한 분이 당장 오셔서 3일 만에 비용 없이 철거하면서 모든 자재는 직접 가져가신다며 꼭 가져갈 수 있게 오히려 나에게 부탁하셨다. 그 말 한마디에 답답한 마음이 막힌 고속도로가 뚫리듯 시원하게 뻥 뚫린 듯했다.

예정된 창고 철거 3일 후, 우리는 주발을 맞아 다시 시골집을 방문했다. 도착하자마자 창고가 있던 자리를 바라보니 시원하게 뻥 뚫린 건 답답한 내 마음만이 아니었다. 커다란 창고에 가려진 그곳에 놀랍게도 그림 같은 풍경이 드러났다. 우리는 좋은 풍경을 어느 정도 예상했지만, 우리의 예상보다 눈에 보이는 실물은 하늘과 땅 차이였다. 정말 뻥 뚫린 시야에 푸른 산들이 나타나 눈앞에 편안한 녹색 절경이 펼쳐졌다.

코로나가 유행하는 시절이라 나는 문득 그런 생각이 들었다. 커다란 창고가 마치 코로나와 함께 우리의 얼굴을 절반쯤 가리는 마스크처럼 이 멋진 그림 같은 풍경을 절반쯤 아니, 그 이상 가렸다고 생각했다.

'시골집은 마스크 같은 이 창고를 좋아했을까?'

'원하지 않아도 꼭 쓰고 다녀야 하는 마스크처럼 큰 창고로 답답하게 앞을 가리고 싶었을까?' '창고를 치워주면서 집 앞 멋진 풍경으로 존재감을 뽐내고 싶은 마음을 내가 뻥 뚫어준 것은 아닐까?' 생각하며 답답한 창고를 벗은 시골집이 행복하게 느껴졌다.

마스크를 벗어젖히듯이 창고를 벗어젖히며 아름다운 풍경을 품게 된 이 시골집을 마주하지 못한 많은 분이 있다. 그들은 그림과 같은 풍경을 보지 못해서 이 시골집을 구매하지 않았을 수도 있다. 그들에게는 이곳을 외면하고 지나간 것이 아쉽겠지만, 나에게는 참 다행스럽다는 생각이 들었다. 그리고 나는 정말 운이 좋았다고 생각했다.

마당에 크게 자리 잡은 창고가 답답했지만, 창고가 사라진 후, 기대 이상으로 더 아름다운 풍경을 볼 수 있게 되었다.

가면을 통해 추한 것을 가릴 수도 있겠지만, 아름다움도 같이 가려지게 되는 것이라는 알렉산더 맥퀸의 유명한 말처럼 나는 한동안 창고에 가려졌던 이 아름다운 풍경을 한참 동안 바라보면서 더욱 이 시골집을 사랑하게 되었다. 그리고 그 순간 우리만의 세컨하우스가 아닌 더 많은 사람에게 이곳을 알리며 모두의 세컨하우스가 되길 꿈꾸었다. 그렇게 강안채가 시작되었다.

2.

조금은 늦더라도
우리의 방향으로!

"인생은 속도가 아니라 방향이다."   – 괴테

여름 내내 시간이 허락되는 날이면 세컨하우스 시골집에 와서 시간을 보냈다. 가족들이 가능할 때면 가족과 함께 오고, 친구들이 가능할 때면 또 친구들과 함께 와서 세컨하우스를 즐겼다. 그러면서 가족과 친구들에게 앞으로 이곳을 어떤 식으로 고쳐야 할지 조언을 구하기도 했다.

이 시골집을 구매할 때부터 집이 어설프고 마음에 들지 않았던 엄마는 이곳에 또 돈을 들여 리모델링 하는 것은 우리 형편에 금전적으로 무리가 있다며 반대하셨다. 자식이 하는 것에 믿음을 주면서도 돈 걱정을 많이 하시는 아버지는 입을 열지 않으셨지만, 표정으로는 근심을 표현하고 계셨다.

반대로 친구들은 돈이 어찌 되건 예쁘고 놀기 좋게 잘 리

모델링 하면 자주 여행 오겠다는 말을 하는 등 조언도 다양했다. 대형 수영장도 만들어라, 아이들 함께 놀 수 있게 키즈펜션으로 만들어라, 스크린 골프장과 노래방을 만들어라, 등 듣기에도 다소 무리한 이야기를 하기도 했다. 주변에서 말하는 많은 이야기를 듣고서 우리는 우리만의 방향을 잡고 계획하며 실천해야 했다.

중요한 건 속도가 아닌 방향이었다.

낮과 밤을 가리지 않고, 갑자기 좋은 생각이 불쑥 떠오르면 메모한 후 아내와 함께 이야기를 나누고, 서로의 의견이 괜찮은지 조율했다. 그리고 계획형인 나는 세부적으로 계획을 나누어 봤다. 가장 중요한 3가지를 잘 준비해야 한다.

첫째, 그중에서도 가장 중요한 것은 역시나 '돈' 이었다.
우리가 정한 금액 안에서 리모델링이 되어야 한다. 최소비용으로 집을 수리하고 우리만의 세컨하우스로 쓰려다 계획이 바뀌었다. 적당히 쓸만하게 수리하는 게 아니라, 전체적으로 제대로 고친 후 우리만의 공간이 아닌 모두의 세컨하우스를 하려면 더 큰 비용을 투자해야 가능했다.

그러나 커지는 욕심만큼 금액이 커지기 때문에 금액에 대한 마지노선을 정해 놓고, 그 금액을 넘기지 않고서 리모델링을 계획해야 한다. 어느 부분까지 수리할 건지를 먼저 정하고 금액을 산정 후, 줄일 수 있는 부분은 다시 줄여가고 꼭 필요한 수리 부분에만 과감하게 돈을 써야 한다. 우리는 전원주택을 짓는다며 아파트를 팔고 이사를 두 번이나 거치면서 리모델링을 경험했다. 또 한 번의 리모델링이 우리에게는 어렵게 느껴지지 않았다. 다만 비용이 얼마나 효율적일지, 동시에 민박집에 오시는 손님분들이 만족하실 수 있는지가 중요했다.

두 번째, 민박집을 운영하는 방법이다.

한 번도 해 본 적 없는 민박집 장사를 시작해야 한다. 민박집이나 펜션이 어떻게 운영되는지 기본적인 것부터 세세한 부분까지 모든 것을 알아야 시작할 수 있다. 중화요리 식당에 방문하는 손님은 식당 사장님이 중화요리 전문가라고 생각하고 식당에 오신다. 그러니 이곳에 오시는 손님들 또한 우리를 숙박업 전문가라고 생각하고 방문한 것이고, 우리는 손님들이 이용 시 불편하거나, 실망하지 않도록 만들어야 한다. 주변에 우리와 비슷하게 운영하는 민박집의 금액대는 얼마인지 확인하여 우리의 하루 숙박 기준 금액을 산정해야 하며 예약 안내, 입실 안내, 퇴실 안내, 환불 안내 등 모든 기준을 세세하게 만들어야 한다.

인터넷으로 검색하여 유명한 몇몇 민박집을 찾았다. 우리가 생각하는 기준과 비슷하게 운영하는 곳으로 예약 후 숙박까지 경험했다. 숙소마다 배울 점은 배우고 아쉽거나 부족한 부분에 대해서 우리는 이런 부분을 놓치지 않도록 장단점을 메모했다. 나는 사소한 부분까지 더 신경 써서 손님의 만족도를 높여보자며 아내와 함께 같은 방향으로 결의를 다지기도 했다.

마지막 세 번째, 민박집을 운영하는 시스템이다.
우리는 맞벌이 부부다. 시간이 되는 주말마다 우리끼리 세컨하우스에서 지내는 것은 별문제가 없지만, 세컨하우스가 아닌 민박집으로 운영하려면 숙박 예약 손님을 받고, 손님이 오시기 전/후 청소를 담당해야 하며, 운영에 대한 시스템이 필요하다. 당장은 홈페이지보다 블로그를 개설해서 숙소 정보를 작성하고 예약을 어떻게 진행하는지, 숙소에 이미지까지 자세히 등록해야 한다. 그렇게 블로그를 운영하면서 손님의 문자나 전화 등으로 예약받는 건 내가 직접 하면 되고 어렵지 않은 일이었다.

중요한 부분은 입/퇴실 청소 문제였다. 아내는 주말 공휴일 등 빨간 날에는 모두 직장을 쉰다. 나는 교대 근무를 하므로 요일에 상관없이 정해진 날짜에 직장을 쉬며, 야간 근무도 병행하고 있었다. 주말 손님의 퇴실 청소는 아내가 담당하고 평일의 청소는 내가 담당하면서, 주간 근무로 인해 청소가 안 되는 날은 미리 비워두며 손님을 받지 않아야 했다. 불가능한 날을 미리 제외하고 예약받으면 충분히 가능했다. 그리고 중요한 것은 평일이든, 주말이든 누가 입/퇴실 청소를 하더라도 소품의 위치와 방향까지 모든 청소에서 세세하고 작은 한 부분까지 다르지 않아야 했다.

청소는 숙박업에서 가장 중요한 본질이다. 청결하고 정리정돈이 잘 되어있어야 누구든 편안하고 쾌적해 힐링이 되는 휴식을 즐길 수 있다. 숙박업을 하고 싶으면서 청소 및 관리의 시간적 여유가 없어서 포기하는 사람들이 있다. 그러나 요즘 일주일 살기, 한 달 살기 등 주중 청소가 안 되는 상황이면 길게 숙박할 수 있게 만들어 서울에서 살면서 제주도까지 숙소를 관리하는 분들까지 있다. 모든 건 하려고 하면 방법을 찾을 수 있고, 하기 싫고 피하려고 하면 핑계를 찾게 된다. 숙박업을 하고 싶다면 핑계 찾을 시간에 무엇이든 시작해 볼 수 있다.

이렇게 가장 기본적이고 중요한 3가지에 대해 모든 준비를 마치면 민박집을 운영할 수 있다. (민박집이나 펜션을 운영하실 분들도 꼭 참고하시면 좋은 부분이다.)

여름 내내 이 시골집에서 지내면서 이 3가지 부분을 철저히 계획했다. 그러나 계획은 항상 계획일 뿐이며 실행하다 보면 그 계획은 조금씩 빗나가기 마련이다. 그럼 다시 수정하고 계획해서 빗나간 방향을 바로 잡아 나가기도 했다. 그래서 계획처럼 되지 않는 것보다 더 중요한 건 우리가 가려는 방향이었다. 이 시골집을 살 때부터 뭐 하러 그런 곳에 쓸데없이 돈을 쓰냐며 이해하지 못하는 의견과 거기에 또 추가적인 돈을 써서 리모델링까지 하냐며 우리를 답답하게 생각하는 사람들을 뒤로하고 우리 부부는 우리 스스로 믿었다. 거기에 더 믿음을 준 건 역시나 우리가 사랑하게 된 바로 이 시골집의 풍경이었다.

"인생은 속도가 아니라 방향이다."

괴테의 유명한 말처럼 우리가 살아가는 우리의 인생이고, 우리가 선택한 결정이니까 우리 스스로 생각하는 방향을 믿고, 조금은 늦더라도 다시 한 발짝 나아갔다고 믿는다.

3.
돈이 부족하여 시작한
셀프 리모델링

"나에게 없는 능력은 욕망과 함께 온다."   – 나폴레온 힐

무더운 날씨가 끝나가는 한여름의 끝자락에서 시골집 수리 계획을 모두 세우고 드디어 리모델링이 시작되었다. 시골집의 리모델링 외부 콘셉트는 편안하고 따뜻한 어릴 적 외할머니 집이다. 그러나 집 내부 느낌은 겉모습과는 다르게 아파트에서 볼 수 있는 현대적이면서도 익숙한 생활의 방식으로 만들어서 누구에게나 편안함을 주는 공간으로 구상했다. 겉은 바삭, 속은 촉촉, 겉바속촉 맛있는 치킨처럼 집의 겉모습과 내부 모습이 다르지만, 만족스러운 반전 있는 집을 계획했다.

집 외부 느낌은 자연과 어울림이 중요했다. 그러기 위해서 꼭 교체가 필요한 중요한 부분이 있었다. 그건 바로 스틸 난간대와 콘크리트 시멘트 바닥이었으니, 이 두 개는 외할머니

집의 편안한 느낌과는 거리가 멀었다. 이것만큼은 돈을 들여서라도 바꾸고 싶었다. 한편, 아내는 이곳 풍경이 꼭 제주도 느낌이 든다고 했다. 그래서 방문하는 사람들이 이곳을 마치 제주도처럼 느낄 수 있도록 자연과 어울리는 자재를 원했다.

나는 방문객이 이곳을 제주도처럼 느끼는 것은 좋지만, 사실 비용이 걱정되었다. 내부 인테리어에 비용을 많이 들이다 보니 마당 부분까지 화려하게 바꿀 만큼 돈의 여유가 없었다. 자재비용이 적은 돌과 나무를 사용하여 시골집과 어울리는 콘셉트로 마당을 꾸밀 구상을 한 후, 이게 제주도 같다며 아내를 설득했다. 다행히 나의 이야기가 아내에게 먹혀들었는지, 아니면 아내도 나와 같이 통장의 잔액을 생각했는지, 돌과 나무를 외부 마당 자재로 사용하자는 합의가 되었다. 현무암 벽돌을 중간중간 세워 넣고 목재를 이용해 난간대를 만들기로 했다. 나의 계획대로만 척척 진행된다면 회사 휴무일을 계산해서 넉넉잡아 두 달의 공사 기간이 필요했다.

이제 우리만의 세컨하우스가 모두의 세컨하우스로 다시 태어나는 오픈 날짜는 2021년 11월 1일!!

21년도 11월의 첫날을 오픈 날로 미리 정해 놓고 가족과 주변 지인들에게 공지했다. 뭐든 기한을 잡아놓고 진행해야 날짜별 시간별 세부적인 계획이 상세하게 나온다. 그리고 그 계획을 주변 사람들에게 알려야 스스로 더 쪼아가며 약속한 날짜에 공사 기한을 맞출 수가 있다. 노력이 필요할 때 내가 많이 쓰는 방법이다.

시골집 리모델링은 학교 선배에게 또 한 번 부탁드렸다. 선배는 우리가 전원주택을 뒤로하고 아이들 학교 근처에 이사했던 집의 리모델링을 해 주셨는데, 금액적으로 최대한 신경 써 주시면서 군더더기 없는 디자인을 선호하는 스타일이 우리하고 잘 맞았다. 특히 마감 부분의 세심함이 항상 좋았다.

내부는 전문가에게 맡기고 돌과 나무를 사용하는 야외 마당의 리모델링은 직접 하기로 했다. 나에게 그럴 만한 능력이 있어서 직접 수리하려고 한 것은 아니었다. 지금까지 내가 할 줄 아는 거라고는 가벼운 페인트칠, 실리콘 바르기, 전구 교체하기 정도인데 집 내부 수리만으로도 비용이 만만치 않았다. 전체 리모델링 비용을 줄이기 위해서는 외부 작업만큼은 직접 해야 했다.

유튜브를 찾아보고 어떤 식으로 꾸며야 할지 구상도 해 보고 그림도 그려보았다. '넓은 마당에는 무엇이 있으면 좋을까?' 고민도 수십 번 하다가 '그저 이 멋진 풍경을 바라보기만 해도 좋지 않을까?'라는 생각이 들었다. 그래서 가만히 앉아서 풍경을 볼 수 있는 야외 그네와 마당에서 따뜻하게 불멍[1] 할 수 있는 벽돌 화로 두 가지를 생각하고 남은 공간을 넓게 두기로 했다. 생각을 마친 후, 마당 크기에 맞게 현무암 벽돌과 현무암 판석, 디딤돌, 하얀 자갈 등 무게 10톤에 가까운 석재를 주문하고 또한 곳곳에 필요한 목재까지 주문했다.

자재 값을 지급하고 며칠 뒤 도착한 현무암과 하얀 자갈 등, 도착한 자재를 한동안 쳐다보니 갑자기 덜컥 겁이 났다. 마당에 난간대를 만들고 바닥에 부분적으로 판석을 놓으며 내가 이야기한 콘셉트에 맞게 직접 작업해야 하는데, '직접 해 본 적도 없는 내가 과연 잘할 수 있을까?' '이제 와 돈이 더 들더라도 그냥 전문업체에 맡기는 게 낫지 않을까?' 하는 후회스러운 생각이 들기도 했다. 돈으로는 모든 게 해결이 가능한데 여유 있게 해결할 수 있는 돈이 없었다. 혼자 해 보겠다며 자신 있게 얘기했던 나의 지난 모습을 생각하니, 휴 한숨 한번 쉬며 눈 딱 감고 일단 한번 해 보기로 했다. 주변 지

---

1 불을 보며 멍하니 있는 것.

인들한테 다 말해놓은 이상 다시 되돌릴 수는 없었다.

시골집의 오르막길은 경사가 심하게 높아서 석재는 1톤 차량에 소량씩 나눠 손으로 실은 후, 마당 위에다 다시 내려놓기를 반복했다. 회사 출/퇴근 이후 시간을 이용해서 하루에 2톤 정도의 돌만 옮기게 되었고 총 10톤 석재 이동에는 5일의 시간이 소요되기도 했다. 직장을 다니면서 남는 시간을 이용해 작업하는 건 쉬운 일은 아니었다. 리모델링 두 달 동안에 쉬는 날은 무조건 도시락을 싸 들고 마당 현장에서 해질 때까지 일했다. 일하는 중간중간 업체에 맡겨놓은 내부수리는 잘 진행되는지 중간 점검을 하기도 했다. 오후 4시 출근 때는 오전에 와서 일하고 나서 출근했고 밤 12시 출근 때는 오후에 와서 해질 때까지 일하고 집에 가서 쪽잠을 자다가 출근했다. 그렇게 셀프 리모델링으로 두 달 동안 마당 난간대와 현무암 마당 공간 그리고 벽돌 화로까지 직접 작업하여 모든 것을 만들 수 있었다.

지금 생각해도 참 신기한 일이다. 한 번도 해 본 적 없는 것을 매일 현장에 나와서 하루 몇 시간씩 일하며 하다 보니 어느새 그럭저럭 해내고 있었다. 내가 이런 걸 스스로 할 수 있다는 것과 계획한 기한에 맞게 성공할 수 있음에 그저 감

돈을 아끼기 위해 직접 자재를 나르고 만들었던 마당에 벽돌 화로와 난간대 그리고 2톤 넘는 하얀 자갈이 있는 모습이다.

사해 하며 뿌듯했다. 그리고 이렇게 혼자 직접 작업을 한 이후, 작은 성취와 자신감이 생겨 직접 가능하겠구나 싶은 건 이후에도 계속 도전할 수 있게 되었다. 나중에 마당 아래 창고 부분까지 직접 수리해서 책 보는 공간, 노래 부르는 공간 등, 바닥부터 외벽까지 많은 부분을 직접 작업을 할 수 있게 되었다.

"나에게 없는 능력은 욕망과 함께 온다."

성공 철학의 대가 나폴레온 힐의 말이다. 욕망이 가득한 나는 이 말을 참 좋아한다. 그리고 이 순간 사소하지만, 나의 이런 능력이 내 욕망과 함께 왔다고 믿는다. 그리고 직접 마당 리모델링 하는 동안 가족들 모두 맡은 역할들이 있었다.

아내는 내부 리모델링 후, 가전과 가구 배치와 함께 필요한 소품들을 모두 구매를 준비했다. 엄마는 30년 넘게 소중히 아끼며 신혼 때 장만했던 고급 그릇들을 오래된 그릇장에서 꺼내서 이곳에 기증했다. 그리고 음식에 맞게 부족한 그릇과 주방용품을 구매할 수 있게 준비해 주셨다. 아버지는 화단에 나무를 모두 정리하고 새로운 꽃과 나무를 심어 새로운 화단을 만들었다. 가까이 살면서 한 가족처럼 지내는 이

모와 이모부도 함께 오픈 준비를 도왔고, 나의 친구 정권이도 많은 날을 함께 와서 자재를 나르며 조언도 해 주며 많은 역할을 해 주었다. 나의 주변 모두의 감사한 손길이 하나씩 모여서 강안채가 완성이 되었다.

시골집의 변신은 무죄! 이제 모두의 세컨하우스 강안채가 탄생되었다.

2021년 11월 1일!

우리 부부의 욕망으로 계획했던 날짜까지 모든 일을 마무리하며, 우리 모두의 세컨하우스 강안채가 오픈하게 되었다.

4.

계획처럼 되지 않는
민박집 이름짓기

"첫째 강다윤, 둘째 강민규, 셋째 강안채!!"

큰 사업이든 작은 장사든, 시작하기 전에 사람들이 가장 중요하게 생각하기도 하고, 또 많은 시간을 들여 신중하게 결정하는 부분이 있다.

바로 브랜드 네이밍 = 업체 이름이다.

이름에 대해 크게 중요하게 생각하지 않고 별생각 없이 지어도 문제가 되지는 않지만, 대부분 사람처럼 나 또한 브랜드 이름에 대해 중요하게 생각해서 숙소 이름을 짓는 데 꽤 신경을 많이 썼다. 상호 이름에 관심 없다며 대충 지어놓고 나서 만약 손님이 덜 찾아온다면, 그걸 이름 탓하게 될 수도 있다. 내 사업장이라면 사소한 부분의 뭐든지 손님보다 주인이 더 좋아해야 한다. 그게 이름이든, 인테리어든, 무엇이든지 말이다.

숙소의 이름을 짓기 전 여러 마케팅 책을 찾아봤다. 책에서 말하는 좋은 브랜드 네이밍의 3가지 원칙은 첫째, 브랜드 이름이 짧고 직관적이어야 한다. 둘째, 이름 속에 무엇을 파는지, 어떤 마음으로 장사를 하는지 등 내용이 느껴지는 이야기를 담아내야 한다. 셋째, 부르기 쉽고 발음하기 쉬워야 한다. 지금 생각해 보면 우리가 지은 강안채의 이름도 브랜드 네이밍의 원칙에 크게 어긋나는 것 같지는 않다. 어쨌든 사업을 시작하기 전 브랜드의 이름 짓는 건 정말 쉬운 일이 아니다. 작은 시골에 민박집 강안채의 이름도 그냥 쉽게 툭 지어지지는 않았다.

숙소 이름에 대한 의미를 지금은 많이 아시지만 오픈하고 얼마 안 되어 놀러 오신 손님이 강안채의 이름 때문에 저녁에 갑자기 전화가 온 적이 있다.

"사장님 밤늦게 정말 죄송한데, 진짜 궁금해서 물어보는데요. 숙소 이름 강안채의 뜻이 뭔가요?"

갑자기 강안채 이름의 뜻이 궁금하시다며 늦은 시간 전화를 하셔서 대뜸 물어보기에 당황스러웠지만, 왜 강안채라고 짓게 된 건지, 이유를 자세히 말씀드리자마자 나의 귀까지 들리게 소리를 지르며 이야기하셨다.

"거봐! 내가 맞잖아! 빨리 5만 원 내놔."

손님들은 술 한잔하시면서 강안채 숙소의 이름에 대해 서로의 의견이 엇갈리셨다고 한다. 결국 그렇게 내기까지 하게 됐고, 마침내 이기셨다고, 괜히 나에게까지 감사하다며 기분 좋게 통화를 마친 기억이 아직도 생생하게 남아있다.

'강안채'라고 지어진 이름의 정답은 우리 부부의 성을 하나씩 따서 강현구의 '강', 안인선의 '안' 그리고 집의 수를 표현하는 '한 채 두 채' 할 때 '채', 그렇게 '강안채'라는 이름으로 짓게 되었다. 5만 원 내기에 틀리셨던 분의 의견은 이곳에 와보니, 강 안쪽에 집이 있어서 '강안채'라고 생각하셨다고 한다. 결과론적으로 그런 의미로 현재 강안채가 되었지만 이름 짓는 것도 역시나 나의 계획과는 달리 살짝 빗나가는 이야기가 있다.

민박집을 시작하기 전 몸으로는 공사 일을 하며 머리로는 숙소 이름은 어떤 것이 좋을까? 생각이 날 때면 항상 고민했다. 모두의 공유 하우스이며 민박집이라는 타이틀을 가지고 어울리는 이름을 지어야 하는데, 흔하디흔한 ○○민박, ○○펜션 같은 이름은 전혀 하고 싶지 않았다. 그리고 우리는 〈건축 탐구 집〉이라는 프로그램을 보며, 전원주택의 삶을 꿈꾸었고 세컨하우스까지 가지게 되었다. 그 방송에서 나오는 멋진 집들은 민박집이나 펜션이 아니지만, 그 집들만의 이야기가 담긴 이름 또는 부부의 이름을 따서 만든 이름 등 그럴싸한 이름 하나씩은 가지고 있었다. 그 영향으로 우리도 그런 이야기가 있는 이름으로 하나를 만들어 보기로 했다.

강안채를 운영하기 전, 시장 집에서 이사 후 지내는 집의 옥상에서 캠핑도 즐기고 지인들이 찾아와 술도 마시는 공간으로 만들어 놓고 이곳에도 우리만의 이름을 지어놓고 간판을 붙였다.

'안강포차'

옥상에 직접 만들었던 안강포차다. 옥상을 방문한 가족들과 친구들이 이곳을 좋아해 주셔서 간판까지 직접 만들어 걸어 놓았다.

우리 부부의 성을 따서 안강포차라 지어놓고, 손님도 초대해서 옥상 캠핑을 즐기곤 했다. 안강포차는 나의 성을 앞세운 강안포차 보다 부르기 쉽고, 자연스러운 느낌이 들었다. 그렇게 옥상에는 안강포차를 만들었으니, 민박집의 이름도 '**안강채**'라고 짓는 게 좋겠다고 생각했다. 그러나 가족들의 반응은 싸늘했다. 그런 분위기 속에서도 안강채가 왜 괜찮은지에 대해 나는 계속해서 부가 설명을 이어갔다. 부부의 성을 하나씩 따서 짓기도 했지만 안강채는 부르기 쉽고, 한번 듣고 기억하기가 너무 쉽다. 우리는 고집 센 성씨들을 모아

'**안강최**'라고 많이 부른다. 그리고 안강최에 대한 유명한 고전 이야기는 지금까지 전해 내려오기도 한다.

> 산 김씨 셋이 모여도, 죽은 최씨 1명을 못 이기고
> 최씨 셋이 모여도, 강씨 1명을 못 당하고
> 강씨 셋이 모여도, 안씨 앉은 자리를 못 넘본다

안강채라는 이름은 '안강최'라는 재미난 이야기와 연관되어 사람들이 쉽게 부를 수 있고, 기억하기 쉽고 피식 웃을 수 있는 이름이다. 그러나 이름에 대해 가장 반대하는 사람은 엄마였다. 엄마는 민박집 장사의 운명이 걸린 이름을 그렇게 대충 끼워 맞춰 함부로 짓는 게 아니라, 절에 가서 스님에게 이렇게 이름을 써도 되는지 여쭤보고, 스님의 좋은 말씀과 함께 이름을 허락받아 정하길 원하셨다. 나는 마지못해 절에 계시는 스님께 여쭤 음양오행 사주팔자에 이름을 넣어보았다. 안강채라는 이름은 나에게 좋지 않다고 하셨다. 이름이 좋지 않아 사업이 번창하지 못한다는 말에 가족 모두 안강채는 더 선호하지 않게 되었고, 나 또한 그런 부정적인 얘기를 듣고 나니, 아무리 고집이 센 강 씨 성을 가졌지만, 나 혼자

만 계속 고집을 부릴 수는 없었다. 아쉽게도 그렇게 안강채라는 이름은 포기하게 되었다.

"안강채가 아니면 순서 바꿔서 그럼, 강안채로 합시다!"
"안강채가 아닌 강안채는 다들 괜찮죠?"

나의 뜬금없는 말에 엄마는 이름을 그렇게 쉽게 짓는 게 아니라고 했는데 왜 또 그렇게 대중없이 결정하냐며 화를 내셨다. 답답한 나는 이제는 직접 스님의 말씀을 듣고 결정하겠다고 엄마와 함께 절에 방문했다. 스님께서는 나의 확고한 표정을 보셨는지 나의 눈치를 조금 보시며 완벽하지 않지만, 강안채는 그나마 괜찮다고 말씀하셨다. 나는 그럼 강안채라 하겠다고 마음을 정했고, 가족들은 썩 내키지는 않는 것 같았지만, 나를 말릴 수가 없었는지 그 이상 반대는 없었다.

그렇게 강안채라는 이름으로 우리는 모두의 공유 하우스이자 독채 민박을 오픈했고, 벌써 몇 년의 시간이 흘렀다. 하지만 강안채 방문 스님의 퇴실 청소를 오가면서 동네 어르신들과 처음 만나 이곳을 소개하면 대부분 강안채보다 안강채라 말씀하신다.

"아니에요, 저희 안강채 아니고 강안채입니다."

그렇게 다시 한번 말씀을 드려도 "어? 내가 안강채라고 했나? 허허." 하시면서 다음에 다시 만나 이야기하실 때는 역시나 또 안강채라고 부르시기도 한다. 그래서 가끔은 뭐 하러 두 번이나 스님을 찾아가서 이름을 강안채라고 짓냐며 "어차피 안강채라고 불리잖아요!" 하면서 스님을 두 번이나 찾은 엄마를 놀려먹기도 한다.

그렇게 탄생한 강안채 브랜드의 로고가 사랑스럽다.

일본 미학의 매우 중요한 개념 중 '와비사비'라는 말이 있다. 부족하고 결함이 있지만, 그게 오히려 더 나은 상태로 전환되는 것을 말한다. 나는 지금의 강안채라는 이름이 참 좋다. 오히려 음양오행과 사주팔자에 막히면서 가족들의 반대에 하지 못했던 안강채보다 강안채가 더 좋다. 뭐든 계획처럼 되지 않고 처음에는 마음에 들지 않아도 나중에 시간이 흘러 그게 더 좋을 수가 있다. 일본의 와비사비라는 말처럼 말이다.

가끔은 친구들과 모여 술 한잔할 때, 친구들이 우리 부부의 화기애애한 모습을 보며 너희 부부는 아직 젊은데 셋째 아이까지 도전하라며 자주 이야기한다. 그렇게 친구들이 장난스레 말할 때, 나는 친구들에게 항상 이렇게 대답해 주고 있다.

"너희들 무슨 소리를 하는 거야, 난 벌써 셋째 키우고 있잖아!!"
"첫째 강다윤, 둘째 강민규, 셋째 강안채!"

내 모든 정성을 다해 셋 모두 다 잘 키울 거다! 그저 사랑스러운 나의 막내 강안채다. 귀한 자식을 키우는 그런 부모의 마음으로 이곳 강안채를 계속 키워나가고 있다.

5.

오픈 첫날부터
예상하지 못한 변수

"시작의 순간은 누구나 서툴다."

– 선미화 『당신의 계절은 안녕하신가요』 중에서

우리들의 모든 시작의 순간은 조금씩 어설프고 서툴다. 머리로는 충분히 이해하고 준비를 완벽하게 했다고 생각했지만, 실전은 연습과는 너무 다르고 실수가 발생하지 않는 게이상할 정도로 우리의 시작은 생각만큼 완벽하지 않다.

강안채 숙소의 시작도 내 마음은 완벽했지만, 손님을 받고 실전이 벌어졌을 때 '왜 거기까지는 생각을 못 했지?'하며 계획형의 나를 초라하게 만들었다. 그리고 그건 나만의 문제는 아니었고 처음 오시는 손님 또한 서툴기는 마찬가지였다. 2021년 11월 1일 오픈을 위해 한참 마당 공사를 직접 하고 있을 때 벨이 울리며 모르는 번호로 전화가 왔다.

"거기 새로 오픈하는 숙소 맞죠? 제가 숙박 예약하고 싶어서요."

아니, 아직 내부가 완성되지 않았다. 게다가 방이 몇 개인지, 화장실이 몇 개인지, 비용이 얼마인지도 모르시는데 벌써 숙소 예약한다고 전화가 왔다. 나는 생각지도 못한 전화를 받고 살짝 놀랐다. 물론 개인 SNS에 오픈 날짜와 함께 예약을 진행한다고 내부 공사 이미지를 하나씩 올리며 연락처를 남겨두기는 했었다. 식당은 오픈 날에 맞춰 방문하면 식사할 수 있다. 또는 예약이 필요해도 하루나 이틀 전이면 충분할 수 있지만 숙소 예약은 일반 식당과는 다르게 2주 전 예약은 기본이고 넉넉잡아 두세 달 전에 일찍 예약하고 여행 계획을 준비하시는 분들이 많다. 그렇게 오픈이 되지 않은 채 완성된 집의 내부를 보지 않고 일찍 예약하시는 듯했다.

"SNS 보고 새로 오픈한다고 하셔서 여행 일자가 딱 맞아가려고 합니다. 몇 명까지 수용이 되는지, 그리고 비용은 얼마나 되는지 좀 더 자세히 여쭤보려고 연락드렸어요."

그렇게 예약하신다는 전화 한 통에 나는 그저 신이 나서 "방은 2개가 있습니다. 그리고 거실형으로 방이 하나 더 있습니다. 화장실은 내부에 하나, 외부에 하나 있어요. 실내에서 고기를 구워 먹으며 술도 마시는 그런 넓은 공간도 준비하고 있어요."라면서 묻지도 않은 이야기를 혼자 술술 하고 있었다. 그리고 첫 예약 전화라 그런지 기쁜 마음에 너무 잘해 드리고 싶었다. 인원 추가 비용도 받지 않고, 인원이 몇 명이 오시든 그저 예약이 꼭 성사되길 바랐다. 그렇게 셀프 공사를 하던 중, 전화 한 통으로 독채 민박으로써 강안채의 첫 예약 손님을 확정 지었다.

첫 손님의 방문 날짜는 11월 첫 주말이었다. 마침, 나는 직장이 쉬는 날이라 직접 구석구석 다 살펴보면서 부족함이 없는지 또 한 번 살피며 손님 입실 준비를 마쳤다. 손님은 이른 시간에 숙소 입실을 하시며 기대 이상으로 만족스럽다는 연락을 주셨다. 그동안 리모델링으로 고생한 시간을 모조리 보상받는 것만 같았다. 그런 감사함과 함께 즐거운 추억이 되길 바란다며 안내 말씀을 드리고, 기쁜 마음으로 통화를 마쳤다. 그리고 혹시나 늦은 밤에라도 혹시나 문제가 있어 연락이 오지는 않을까 걱정도 되었지만, 아무런 연락 없이 첫날의 긴 밤이 무사히 잘 지나갔다. 그러나 이른 아침에 생각지도 못한 사건이 발생했다. 직접 공들여 만든 야외 벽돌 화로 위에 덮어두는 뚜껑이 사라져 버린 것이다.

옛날 사람들이 쌀을 담아두는 쌀독의 뚜껑으로 사용하던 것을 벽돌 화로를 덮는 뚜껑으로 하나 만들었다. 크기와 색상이 너무 잘 어울리고 정말 안성맞춤이라 내 마음에 딱 들었다. 그러나 이 뚜껑의 재질이 나무 소재여서 손님들이 밤에 다 같이 모여 불멍을 즐기시고 혹시나 불씨가 날아갈까 싶어, 뚜껑으로 화로를 잘 덮고 모두 주무시러 집 안으로 들어가게 되었다. 아침에 일어나 보니, 나무 뚜껑이 홀랑 다 타버리고 재만 남게 돼버린 상황에 깜짝 놀랐고 그 아침에 급히 나에게 연락이 오게 된 것이다. 그저 안전하게 화로를 덮어두려고 했었는데 생각지도 못한 밤사이에 뚜껑은 형체도 없이 모조리 타버렸다.

손님은 그동안 이곳을 열심히 준비한 나의 마음을 알아서 걱정도 되고, 또 변상을 어떻게 해야 하나 싶어 자고 일어나서 많은 생각을 하셨다고 한다. 그 연락을 받은 나도 가장 먼저 생각된 것은 이미 타버린 뚜껑이 너무 아까웠다. 뚜껑은 시골에서 사용은 안 하지만, 오래된 물건이라 얻어와서 깔끔하게 몇 번을 씻고 말리며, 오일 스테인으로 여러 번 칠을 마치고서 정성 들여 만들었다. 그러나 첫 손님이 오시고 딱 하루 만에 이런 일이 벌어질 거라고는 상상도 못 했다. 그러나 다시 생각해 보면 너무나 당연한 결과였다. 화로는 불을 피우는 곳이고, 불이 항상 가까이 있는데 그곳의 덮개를 나무로 쓴다는 건 지금이 꼭 아니더라도 며칠 내에 벌어질 당연한 사고였다. 나는 아침부터 연락이 온 손님분들에게 서둘러 말을 전했다.

"뚜껑은 옛 물건으로 직접 만들어서 그런지 아쉽지만, 그래도 괜찮습니다. 화로에 사용하는 뚜껑을 나무로 쓴 제 잘못이에요. 언제라도 일어날 일이었고, 손님은 전혀 잘못이 없습니다. 변상에 대해서도 전혀 걱정하지 않으셔도 됩니다."

그렇게 안심을 시켜드리고, 혹시라도 마음이 불편하시지 않게 얘기를 잘 전했다. 그리고 없어진 뚜껑을 무엇으로 대체해야 할지 고민이 생겼다. 인터넷 검색창에 화로 뚜껑을 검색했다. 생각만큼 만족스러운 게 보이지 않았다. 그러다 전에 창고를 잘 넘겼던 좋은 기억으로 당근 앱을 켜서 다시 솥뚜껑 검색을 했다. 고깃집에서 삼겹살을 구워 먹기도 하는 녹이 슨 솥뚜껑을 팔고 있었다. 어디 쓸 곳 하나 없어 보이는 옛날 솥뚜껑을 단돈 3만 원에 파는데 거리를 따져보니 차량 10분 거리에 구매할 수 있었다. 나는 즉시 메시지를 보내고, 찾아가 빠르게 구매했다. 퇴실 청소하면서 화로의 뚜껑을 바꾸었고, 그때부터 지금까지 아무 문제 없이 솥뚜껑을 사용한다. 준비가 완벽하다고 생각했던 나의 준비는 오픈 첫날 그렇게 무너졌고, 방문하신 손님들도 처음이라 조금은 서툴렀다.

지금은 불에 타서 없어진 뚜껑이 있던 벽돌 화로와 급하게 구해와서 벽돌 화로의 뚜껑으로 만들어 놓고 지금까지 사용 중인 솥뚜껑

그리고 다시 얼마 뒤, 또 한 번의 사건이 발생했다. 하루를 잘 지내시고 퇴실하시는 손님이 차량으로 후진 중 야외용 재떨이를 찌그러트리고 미안함과 함께 이미지를 담아 문자를 보내셨다.

항상 이런 연락을 받을 때 내가 느끼는 첫 생각은 '뭐지? 그런 일이 발생할 수 있다고?'라고 생각한다. 그러나 손님의 상황에서 생각해 보거나, '왜 그런 일이 일어났을까?' 다시 생각해 보면 그런 일이 발생하게 한 원인은 먼저 나에게 있다. 화로의 뚜껑을 나무 소재로 해 놓은 게 원인이었고 재떨이의 위치가 차량에 간섭이 될 수 있게 둔 게 사고의 원인이 될 수 있었다. 오히려 '차량에 흠집이 나서 속상하지 않을까?' '추억이 남는 여행의 마지막 순간이 기분 좋지 않게 남을까?' 방문한 손님의 입장이 더 생각되기 마련이다.

그렇게 하나씩 발생할 만한 사소한 일들을 제거하고 개선해 나가면서 아무 일도 없는 날들이 점점 많아지고 그런 하루들이 당연해지기 시작해졌다. 그리고 시간이 점점 지나자, 작은 문제들이 발생해도 어지간하면 놀라지 않고 충분히 해결할 수 있는 사소한 일이라 느껴졌다.

우리는 무엇이든 처음부터 완벽하지 못하기에 누구나 처음이란 시작을 두려워한다. 앞에서 이야기했지만 무엇을 하든 시작은 누구나 서툴다. 철저하게 준비했다고 생각한 나의 오만함도 있고 실수와 서툶, 그건 당연한 결과이기도 하니까 쿨하게 받아들여야 한다. 지금은 그런 나의 시작과 서툶이 전혀 부끄럽지가 않다.

2022년 4월 30일 토요일

MMS 오전 9:44

네 차량도 신경쓰이실텐데
변상은 안하셔도됩니다!!
저희가 알아서 할께요!

오전 9:54

네 ^^
남편 눈치 보느라 좀 신경쓰이고
있는중이었는데
감사합니다 ^^
담번 또 오자고 하면서 가는중 이고요   MMS
너무 관리를 잘하셔서 잘 쉬고 가요 ~   오전 9:57

먼저 연락을 주신 손님과 그래도 손님 차량이 더 걱정되어 연락을 드린 주인. 서로 마음
이 상하지 않는 게 가장 중요하다.

「시작의 순간은 누구나 서툴다」

나이가 많다고
모든 순간에 능수능란한 것도 아니고
경험이 많다고 해서
또 다른 시작이 익숙한 것도 아니다.

시작은 서툴다.
누구를 만나든, 무슨 일을 하든,
어느 곳을 가든, 모두
그렇게 서툴게 시작한다.

잘해 보고 싶은 마음은 한 가득이지만
어쩔 수 없는 서툶에 조급해져
실수도 한다.
...

– 선미화 『당신의 계절은 안녕하신가요』 중에서

6.

함께 성공시킨
모두의 세컨하우스

"누구도 홀로 성공할 수 없다."   – 게리 켈러

성공이라는 표현을 하기에는 너무 거창해 보일 수 있다. 그러나 나는 숙소 운영에 성공했다. 다수 사람이 생각하는 숙소의 성공에는 1년 정도 손님이 끊이지 않고 방문하여 숙소가 풀 예약이라든지, 숙박업으로 돈을 엄청 많이 벌어 부자가 된다든지, 그런 생각을 하실 수 있다. 하지만 나는 그런 성공을 이야기하는 게 아니다. 평범한 직장을 다니면서 평범하고 허름한 시골집이었던 곳을 나의 세컨하우스로 만들었다. 그리고 또다시 모두의 세컨하우스로 사용하며 손님들이 언제든지 오고 갈 수 있는 시스템을 만들면서 성공한 것이다.

그러나 이 모든 것은 오직 나 홀로 성공한 것은 아니었다. 나에게는 누구보다 든든한 조력자가 있다. 그건 바로 나의 엄마다. 엄마가 있어서 우리 강안채는 지금까지 문제없이 잘

운영되고 있다. 직장을 다니면서 혼자 숙소 운영이 어려울까? 물론 꼭 그렇지는 않다. 모든 건 방법이 있지만, 완벽하지 않을 수 있고 시스템적으로 부족한 부분은 있기 마련이다. 민박이나 펜션 같은 숙소를 운영할 때 꼭 필요하고 해야 하는 중요 업무는 크게 3가지다.

첫째, 예약 관련 업무 (문의, 예약, 환불)
둘째, 비품 관리 업무 (비품 구매 관리)
셋째, 입/퇴실 관리 업무 (청소 관리)

그리고 하나 더 필요한 건 홍보 마케팅이다. 예약 관련 업무와 비품 구매 관리 업무 그리고 홍보 마케팅까지도 핸드폰만 있으면 충분히 가능한 업무이다. 그러나 입/퇴실 청소 업무는 직장을 다니며 매일 할 수 없는 업무이며 숙소 운영하는 업무 중 가장 중요한 일이기도 하다.

숙소의 본질은 편안함과 쾌적함을 주는 청소가 많은 부분을 차지하고 있기 때문이다. 청소 아르바이트나 청소하는 직원을 고려할 수 있다. 숙소 규모가 커서 이용하는 객실이 많고, 관리 범위가 넓다면 직원을 쓰지 않고는 어렵다. 하지만 하나의 객실만 운영하는 독채 숙소는 손님이 없으면 아르바이트와 직원이 필요가 없고 손님이 있는 날만 일당제로 정해서 들어오는 아르바이트 직원도 구하는 게 쉽지만은 않다. 더욱이 그런 직원의 청소나 관리 수준은 가족이나 주인의 수준에 미치지 못하는 경우가 많고, 결국 청결 상태로 인해 문제가 발생하기도 한다.

아마 이 부분에서 많은 분이 투잡으로 숙소 운영하는 방법을 어려워하실 것 같다. 그러나 뭔든 방법이 없지는 않다. 나는 교대 근무를 하는 직장을 다니며 휴무 날과 오후 출근 때는 일정을 조정하고, 야간 출근에는 수면 시간을 줄이며 입/퇴실 청소가 가능하다. 그러나 주간 출근 때만큼은 청소 업무가 불가능하다. 물론 주간 근무 날을 모두 비영업으로 바꾸고 손님을 받지 않는 것도 하나의 방법이지만 나에게는 든든한 조력자가 있어서 언제든지 손님의 방문이 가능하다.

만약 내게 엄마와 같은 든든한 조력자가 없었다면 매일 손님이 오는 건 불가능했을 것이며, 직접 담당할 수 없는 그런 날들은 비영업으로 처리해야 했을 것이다. 게다가 주말에만 청소 관리가 가능하다면 1주일 살기, 한 달 살기 같은 숙소로 운영하는 것도 하나의 방법이 된다. 실제로 그렇게 운영하는 숙소도 상당히 많이 있다고 알고 있다.

강안채를 운영하기 전, 엄마는 젊은 시절부터 치킨집을 시작으로 옷 가게까지 오랫동안 다양한 장사를 하셨다. 나이가 들어 은퇴한 후에도 쉬지 못하는 본인 성격 때문에 실버 산업으로 운영되는 곳으로 한 달에 7~8번 출근해서 하루 4시간씩 취미 겸 일을 하고 있었다. 그리고 얼마 되지 않아 우리 부부의 욕망으로 시작한 강안채를 조금 도와주시다가 현재는 전적으로 입/퇴실 청소를 담당해 주신다. 물론 매달 적지 않은 월급까지 드리고 있다. 그러나 우리 부부에게는 월급 그 이상으로 누구보다 믿을만하고 내 것처럼 꼼꼼하게 청소해 주시는 엄마가 있어서 더욱 감사함을 느끼고 있다.

엄마 또한 이른 은퇴 이후에 일정한 월급을 받는 것도 좋지만 욕망이 넘치는 아들과 며느리를 도와주면서 오랜 시간 들여 일하지 않고, 또 많은 시간이 들어가지 않는 청소 일에 큰 만족을 느끼고 계신다. 그리고 또 하나 만족스러운 게 하나 있다. 바로 아들과 함께하는 시간이다.

집에서 강안채까지 차량 이동 거리는 약 40분 정도 소요가 되는데 직장의 주간 근무가 아닐 때면 난 항상 엄마와 함께 퇴실 청소를 다닌다. 퇴실 청소를 하러 가는 동안 엄마와 나는 쉴 새 없이 많은 이야기를 하며 강안채로 향한다. 아들이 자식을 키우는 이야기, 가족들 이야기, 직장 이야기, 친구들 이야기, 그리고 강안채 운영에 대한 사업 이야기까지 주제를 넘나들며 이야기하다 보면 어느새 우리는 강안채에 도착한다.

이곳에 도착하면 오늘의 풍경과 날씨를 살펴본 후 우리는 각자 맡은 퇴실 청소를 한다. 혼자서는 3시간을 꼬박해야 하는 청소다. 그러나 둘이서 청소를 나눠서 하면 1시간 30분으로 시간이 절반으로 준다. 내가 야간 근무 퇴근 후, 아침에 2~3시간을 자고 일어나는 날에도 함께 와서 청소해야 엄마가 조금이나마 힘이 덜 든다. 물론 엄마는 그런 아들이 피곤할까 봐, 또 잠을 못 자는 아들의 건강에 대해 걱정하시기도 하지만, 아직은 젊은 나보다 엄마가 먼저라고 생각한다. 가끔은 직장 동료들이 잠도 못 자고 청소하러 다니는 나를 보며 걱정의 말을 한다.

"돈이 좋은 건 우리도 알겠는데, 건강 생각해라. 금융 치료가 아무리 좋아도 그러다 병원비가 더 들어간다."

타인의 시선에서 바라봤을 때 당연히 그렇게 생각할 수 있다. 하지만 엄마를 도우며 함께하는 시간이 몸은 피곤해도 마음은 한결 더 편안한 게 나의 마음이다. 또 손님의 예약으로 입금되는 문자보다 손님이 방문하시고 이곳이 너무 좋다고 만족하는 문자 하나가 나에게는 정말 행복하다는 걸 매번 설명한다. 그러나 말은 다 그렇게 하지, 술이나 한잔하라며 술잔을 돌리며 함께 걱정했던 말들까지 멀리 돌린다.

숙소의 입/퇴실 청소를 마치고 다시 집으로 돌아갈 때, 엄마는 항상 커피와 과일을 챙겨오신다. 그 간식들은 엄마 입에 넣는 것보다 많은 양을 운전하는 아들의 입에 넣어주시며, 우리는 강안채를 청소하러 오기 전에 했던 끝내지 못한 이야기를 다시 이어간다. 그리고 우리 숙소에 추가로 필요한 부분이나 고쳐야 하는 부분이 발생했을 때, 오랜 장사의 경험으로 바라보는 엄마의 시선과 요즘 사람들이 원하는 건 그렇지 않다는 나의 의견이 간혹 달라 티격태격할 때도 있다. 하지만 대부분 자식을 이기지 못하는 엄마가 한숨 쉬며 나의 의견을 받아주신다. 집으로 돌아오면 내 의견과 함께 엄마의 의견까지 다시 생각해서 정말 필요한 부분은 항상 개선하고 관리하고 있다. 엄마와의 그런 이야기를 통해서도 많은 것을 배우고 경험하고 있다.

나이가 들어 성인이 되고 결혼하고 또 자식을 낳고 살아오면서 엄마와 지금처럼 이렇게 많은 이야기를 나누는 시간이 과연 얼마나 있었을까? 이전에도 없지만, 앞으로도 없을 것만 같다. 엄마도 이 시간이 너무 행복하고 나 또한 이 시간이 너무나 행복하다.

나의 동행이자 든든한 조력자 엄마가 있어서 우리 강안채는 내가 생각하기에 정말 완벽하게 성공했다! 그리고 엄마와 함께여서 항상 감사하다.

사람에게는 누구나 자신에게 최초로 영향을 끼치고, 자신을 훈련하고 혹은 관리해 준, 가장 중요한 단 한 사람!
그런 사람이 있기 마련이다. 누구도 홀로 성공할 수 없다.

– 게리 켈러, 제이 파파산, 『원씽』 중에서

손님이 방문하실 수 있게 항상 깔끔하게 입실 청소를 마친 화재 이전 강안채의 내부 모습

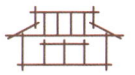

빛나는 삶, 빛나는 오늘

모두의 세컨하우스로
다시 빛나가는 시골집

전원주택으로 시작한 우리의 계획은 조금 빗나가도,

흥미로운 또 다른 답이 기다리고 있다.

지금 상황에 맞게 다시 꿈꾸고, 그 꿈을 실현해 나간다.

이제 이곳은 모두의 세컨하우스로 빛나기 시작했다.

3장

잿더미만 남아도 살면 살아진다

아직 젊으니까, 다시 한번 도전!

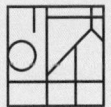

하루아침에 모든 걸 잃을 수도 있다.
정성껏 쌓은 도미노가 모두 무너질 수도 있다.
그래도 아직 젊으니까, 살면 또 살아지니까….
용기 내어 다시 한번 도전하는 힘을 전하고 싶다.

1.

30분 만에
교통사고와 화재까지

"나쁜 일은 정말 한꺼번에 온다."   – 화불단행 禍不單行

코로나 시절에 우리 숙소뿐 아니라 전국에 수많은 독채 숙소가 사랑받았다. 해외여행을 가지 못하기도 하고, 사람들이 많이 모이는 곳으로 가지 못하니 독채 숙소에 몰리게 되었다. 그런 시기에 우린 산과 강이 푸른 자연 속 독채 숙소를 오픈하다 보니, 기대 이상으로 사랑을 많이 받았다. 많은 손님으로 든든한 조력자 엄마와 함께 청소를 쉬지 않고 다니며 행복한 바쁜 날들을 보냈다. 그러던 어느 날, 오랜만에 손님도 없고 회사도 쉬는 휴일 같은 날이 찾아왔다. 엄마와 함께 맛있는 점심도 먹고 마트에서 숙소 청소에 필요한 각종 소모품을 구매하고서 헤어진 지 불과 10분 만에 갑자기 엄마에게서 전화가 왔다.

"아들! 엄마 차 사고가 났어, 이걸 어떡하니?"

사고 장소를 물어보니 집에서 멀리 떨어지지 않은 위치라, 나는 통화를 끊고 바로 사고 현장으로 뛰어갔다.

엄마에게 갑작스러운 차량 접촉 사고가 일어났지만 우리는 그다음에 일어나는 일은 정말 상상도 하지 못했다.

엄마가 좁은 곳에 잠시 주차했다가 다시 차량을 후진하는 상황에서, 주행 차선에서 오는 차량이 후진하는 엄마 차량과 그대로 충돌했다. 1차선에서 직진하는 차량이 전방 주시하며 클락션만 눌렀다면 일어나지 않을 사고였다. 아쉽게도 후진하는 차량을 보지 못해 사고가 났고, 과실을 따지자면 엄마의 과실이 더 커 보였다. 다행히 양측 모두 다친 사람은 없었다. 그것만으로도 다행이라 생각하며 보험사에 연락을 넣고 기다렸다. 엄마는 몸은 다치지 않았지만, 사고로 인해 심적으로 부담이 있을 것 같아 안아주며 위로했다. 그러던 찰나 강안채 바로 윗집에 사시는 고등학교 선배님께서 오랜만에 전화가 왔다. 갑자기 무슨 일인지, 안부 전화를 주시나 생각하며, 통화를 누르자마자 귓속으로 큰 소리가 들렸다.

"하이고 니 지금 어디로? 지금 난리가 났다. 큰일 났다!"

"네? 무슨 일 있나요?"라고 대답하며 다짜고짜 큰일이라니, 나는 무슨 일인가 싶어 다시 물어보았다.

"지금 너거 집에 지금 불이 났어. 불이 마… 아주 난리가 났다. 빨리 와봐야 한다. 집이 다 타고 있다고!!"

아니, 집에 아무도 없는데 무슨 불이 났다는 건지, 정말 말도 안 되는 상황에 다시 한번 물어보았지만, 윗집 선배님은 약주를 한잔하셨는지 난리 났다는 말을 반복하셨다. 나는 '설마 우리 집이 아니겠지? 혹시 취하신 건 아닐까?' 그런 생각을 하며 또 한 번 물어보았다.

"아이고 참나 왜 이러노? 너거 집에 지금 불이 크게 났다고, 빨리 와봐! 난리 났다니까네, 진짜 큰일 났다고!"

"네! 지금 바로 가볼게요. 먼저 119 신고 좀 해 주세요."

일단 신고를 먼저 부탁드리며 빠르게 전화를 끊었다. 너무나 평화롭고 따뜻했던 4월에 오후! 30분 만에 차량 교통사고에 이어 집 화재라니, 엄마는 집에 불이 났다는 말을 듣고 그 순간 다리에 힘이 풀려 주저앉으며 눈물을 쏟았다.

교통사고에 이어 갑작스러운 화재 소식에 정신없지만 일단 가서 직접 확인을 해봐야 한다. 그리고 보니, 타고 갈 차량이 사고가 나서 지금 당장 차를 타고 갈 수가 없다! '차량 뒤쪽이 망가진 채로 이 차를 타고 수리 보낼 생각 없이 가 봐야 하는 건가?' '아니면 택시를 타고 가 봐야 하나?' 갑자기 일어난 2가지 사건에 정신이 없으니 빠른 결정을 내리지 못하는 순간 때마침 아버지가 전화가 왔다. 아버지는 현재 상황을 듣고, 회사에서 뛰쳐나와 금세 차량 교통사고 현장으로 도착했다.

"아빠 엄마, 나 혼자 빨리 다녀올게요. 사고 난 차량 수습 좀 부탁해요."

그렇게 아버지가 타고 오신 차량으로 혼자 출발하려는데 땅에 주저앉아 있던 엄마가 갑자기 벌떡 일어나며 이야기했다.

"무슨 소리야. 지금 차가 뭐가 중요해! 다 같이 빨리 가봐야지!"

다리에 힘이 아직 부족한지 엄마는 아빠 손을 꼭 부여잡고 재빨리 차에 올라탔다. 나는 차 사고 접수를 하기 위해 도착한 보험 회사 직원에게 집에 화재 소식을 얘기했다. 차 사고에 대해서 양해를 구하며 보험사 직원에게 모든 걸 맡기고, 차에 신경을 쓰지 못한 채 불이 났다는 우리의 강안채로 출발했다.

운전대를 잡은 손이 부들부들 떨렸다. '뉴스에서만 보던 주택 화재? 그게 나의 일이 될 수 있는 건가?' '설마 우리 집이 아니겠지, 아무도 없는 집에서 화재라니 별생각이 다 들기 시작하며 이게 꿈은 아닐까?' 현실을 부정하는 생각까지 하고 있던 찰나 강안채를 누구보다 사랑하는 아내에게 전화가 왔다.

아내는 직장에서 일하고 있는데 혹시나 걱정을 많이 할까 봐 내 눈으로 전부 확인하고 나서 전화하려고 했다. 전화벨이 울리는 동안 '지금은 받지 말까?' 생각하다가도 아무 일 없는 척 일단 전화를 받았다. 아내는 다짜고짜 마음이 급하면서도 침착한 목소리로 말했다.

"우리 강안채에 지금 불이 났다는데, 알고 있어?"

아내는 마을 이장님을 통해 화재 전화를 받고, 나에게 빨리 가보라며 전화했다. 직장 근무로 인해 당장 오지 못하는 아내를 일단 안심시키며 나는 얘기했다.

"응, 나도 연락받고 지금 가고 있어. 내가 가서 확인해 볼게. 아직은 확실하게 상황을 모르니까 미리 너무 걱정하지 마!"

아내와의 통화가 나에게는 강안채의 화재를 부정하지 못하도록 만들었다. 이제는 '집 일부분만 탔겠지? 그렇게 큰 화재는 아니겠지?' '소방관분들이 일찍 출동해서 화재는 모두 진압했겠지?' 또 많은 생각이 머릿속에 쏟아졌다. 차량으로 40분의 이동 거리를 30분도 채 안 걸리도록 속도를 냈다. 그러나 마음속으로는 현장에 도착하지 않고, 그냥 계속 이대로

도로를 주행하고 싶었다. 도착하기 전 마지막 터널이자 강안 채로의 도착이 임박함을 알려주는 노루재 터널을 들어서면서까지도 이 터널이 출구가 없이 끝이 나지 않게 계속되었으면 하는 마음이었다. 내 눈으로 확인해야 하면서도 내 눈으로 보고 싶지 않은 마음이다.

　그렇게 많은 생각을 하면서 어느새 도착해 보니, 이미 많은 소방관분께서 불을 끄고 있었다. 무슨 일인지 놀라서 이곳저곳에 주변 동네 주민분들까지 모여 있었다. 내 눈으로 보고도 화재는 믿기 힘들었지만 더는 부정할 수 없는 사실이었다. 현장을 보는 순간 엄마는 또다시 눈물을 흘렸다. 아버지는 그런 엄마를 꼭 안아만 주셨고, 나는 불에 탄 집 지붕 위로 연기만 올라가는 우리 강안채를 그저 멍하니 쳐다만 봤다. 생각보다 화재는 심각했다. 나는 퇴근하고 급하게 운전해서 이곳으로 올 것만 같은 아내가 걱정되어 숨을 고른 후 다시 아내에게 전화를 걸었다.

　"내가 방금 도착했는데 괜찮아, 큰 문제는 아니야, 여기 오지 말고 이제 곧 퇴근하면 집에 가서 먼저 아이들 저녁밥부터 챙겨줘!"

걱정하는 아내에게 이 순간과 이 공간을 전부 보여주고 싶지 않았다. 우리 가족이 모두 공을 들여 만든 이곳이 무너지는 걸 단 한 사람이라도 덜 보았으면 했다. 그렇게 아내와 통화를 마치고 나니 소방관 아저씨 한 분이 나에게로 다가오셨다.

"여기 집주인 되세요? 지금 불이 다 진압되어 보이지만 눈에 보이지 않는 불이 지붕 속에 아직 가득합니다. 지금 불을 완전히 끄려면 이 집의 지붕을 무너뜨려야 합니다. 그리고 그렇게 진행하려면 집주인분의 동의가 있어야 가능합니다."

마당 아래에는 포클레인이 이미 시동까지 걸고 있었다. 나의 동의와 함께 집을 무너뜨릴 모든 준비를 마친 후 대기하고 있었다. 내가 동의하면 집은 전소가 되어 형체를 알아보지 못할 것이며 지금까지 해온 우리의 모든 것이 무너진다. 만약 동의하지 않는다면 소방 직원분들은 불이 또다시 크게 일어나 산불 또는 주변 밭으로 옮겨붙지 않도록 지붕 속 불을 계속 진압하며 몇 시간이 걸릴지 모를 상황에 대처해야만 했다.

"나는 잠시 고민 후 중요한 결정을 내렸다."

특별하게 아무 일도 없이 평화롭고 행복하던 일상의 하루에서 항상 크고 작은 사고는 한순간에 찾아온다. 게다가 안 좋은 일은 한꺼번에 몰려온다고 한다. '나에게는 뉴스에서만 보던 그런 일이 일어나지 않겠지?' 생각하며 살았는데 그날은 지금껏 살면서 가장 힘든 순간이 하루에 몰아쳐 온 것만 같았다. 지금까지 한순간도 잊을 수 없는 날이다.

2023년 4월 21일. 오후 3시. 구름 한 점 보이지 않고 화창하며 바람만 살랑이는 맑은 봄 날씨의 하루였다.

화재 난 강안채를 처음 마주하며 가족 모두 큰 슬픔에 잠기며 무엇을 해야 할지, 그냥 그저 바라만 보았다.

2.
미안해,
나도 어쩔 수 없었어!

"동트기 전 새벽이 가장 어둡다."

2년이라는 짧은 시간이었지만. 우리에게 강안채는 참 많은 추억이 깃든 장소였다. 오픈 준비하던 시간과 가족 그리고 친구들과 지내던 시간 그리고 지금까지 방문하셨던 많은 손님과 에피소드를 만들었던 그 모든 시간이 주마등처럼 스쳐 지나갔다. 그리고 나는 소방관 아저씨의 물음에 힘들게 대답했다.

"저 지붕을 무너뜨리고, 모든 불을 진압해 주세요."

농담 삼아 주변 사람들에게 강안채는 내 셋째 자식이라고 자주 이야기했었다. 그런 나의 자식 같은 집은 이제 산소마스크를 부여잡고 마지막 숨을 겨우 쉬고 있었다. 이제 더는 다른 방법이 없다며 서류를 건네는 담당 의사의 마지막 말 한마디에 마치 안락사 동의서에 서명하듯이 나의 한마디 동의가 떨어진 순간 포클레인이 겨우 서 있는 집을 부수기 시작했다.

포클레인이 지붕을 건드리는 순간, 큰 연기를 뿜으며 숨어있던 불길이 마치 잠자던 붉은 용을 건드린 것처럼 거세게 저항하듯 불을 강하게 뿜다가 이내 지붕과 함께 내리 앉으며 모든 것이 끝이 났다. 마지막으로 큰 검은 연기가 하늘 위로 솟을 때는 마치 강안채의 영혼이 집에서 빠져나와 하늘로 올라가는 것만 같았다. 빠르게 올라가며 사라지는 짙은 연기를 바라보며 난 마음속으로 안녕이라는 마지막 작별 인사를 건넸다.

주식에는 종목과 사랑에 빠지면 안 된다는 말이 있다. 주가가 높이 상승했을 때, 가장 사랑스러울 그때, 주식을 팔면서 냉정하게 헤어질 수 있어야 손해 없이 수익을 많이 낸다는 뜻이다. 강안채는 모두의 세컨하우스이자 독채 민박이라는 하나의 사업체이며 주식처럼 수익을 만들어주는 곳이다. 그러나 우리 가족 모두는 수익을 떠나 아름다운 이곳, 여기 강안채를 그저 자식처럼 너무 사랑했다.

나의 결정과 함께 집을 부수는 포클레인, 그리고 무너져 내린 강안채와 함께 나의 마음도 무너져 내렸다.

갑작스러운 화재는 그렇게 끝이 났다. 강안채와 작별 인사를 하는 사이, 구경하시던 동네 마을 사람들도 어느새 사라지고, 소방대원들도 언제 가셨는지 나는 아무 기억이 나지 않았다. 현장에 오신 모든 소방 직원분들 너무 고생하셨다는 말 한마디를 건네지 못했는데, 모든 임무를 마치고 어느새 모두 복귀했다. 내 전화기의 부재중 전화는 10통쯤 와 있었다. 평소 자주 연락하지 않던 지인들까지 몰아서 전화가 왔다. 어디서인지 모르겠지만 화재 소식을 전해 듣고 걸려 온 확인 전화 같았다. 일일이 전화해서 지금의 상황 보고할 만큼 내 마음은 여유롭지 않았다. 먼저 집에서 걱정하고 있는 아내에게 전화를 걸어 전하고 싶지 않지만 전해야 하는 이야기를 했다.

"내가 미안해, 나도 어쩔 수 없었어!"
"우리 집이 전부 불에 타고 무너지는 상황에 내가 빨리 결정해야 하는데 우리 강안채를 무너뜨리는 거 말곤 다른 방법이 없었어."

아내는 이미 어느 정도 예상한 듯 체념한 목소리였다. 아이들은 조금 전 볶음밥을 잘 먹었고, 어머니, 아버지 함께 저녁 드실 수 있게 꼭, 꼭 두 분을 모시고 와야 한다고 했다. 두 분이 이렇게 부모님 댁으로 그냥 돌아가시면 저녁 식사도 못 하실까 봐 걱정이 됐나 보다. 그렇게 전화를 끊고 다시 한 통의 전화를 걸었다. 당장 내일 강안채에 숙박하실 예약 손님이다. 이런 말도 안 되는 상황이 벌어져서 숙소 방문이 어렵다고, 눈물을 참아가며 사과의 말을 전했다. 그리고 근처 잘 알고 지내는 다른 숙소를 다행히 연결해 드리며, 당장 내일은 어쨌든 해결했다.

앞으로 오시려는 모든 분께 강안채 화재 소식과 함께 예약 취소와 환불 안내를 해야 했으나, 지금 내 마음이 너무 지쳐서 다음 날로 잠시 미뤄야 했다. 일단 부모님을 모시고 집으로 천천히 돌아갔다. 집으로 돌아가는 중에도 전화는 계속 울렸고, 나는 그 누구의 연락도 받을 용기가 없었다. 부모님 두 분도 아무 말 없이 조용히 각자 다른 무언가를 생각하는지, 우리는 고요한 침묵 속에서 집으로 돌아왔다. 집에 도착해서 문을 열고 들어가니 아이들은 평소와 다르지 않게 해맑은 목소리로 몸과 마음이 지친 우리에게 인사를 했다.

"아빠 우리 강안채 불이 났다며! 괜찮아? 괜찮지? 맞지? 그리고 우리 내일 가기로 했던 해외여행은 갈 수 있는 거지?"

강안채 화재 걱정보다 당장 내일 가족 여행을 못 갈까 봐 아이들은 그 걱정이 더 큰 모양이다. 지난 나의 무릎 수술과 코로나로 인해 지금까지 아이들과 한 번도 가보지 못한 해외여행이 하필 화재 다음 날 베트남 다낭으로 첫 해외여행이 계획되어 있었다. 아이들의 걱정은 아이의 마음으로 바라볼 때 충분히 이해되었다.

아내를 포함하여 부모님과 함께 넷이서 식탁에 앉아 식은 볶음밥을 놓고 한동안 제사 지내듯 말없이 쳐다만 봤다. 누구도 밥을 한 숟갈 뜨질 못했다. 그러다 조금 긴 침묵을 깨면서 아버지가 한마디 말을 꺼냈다.

"인선아, 밥은 그만 됐고, 그냥 시원한 맥주 한 잔만!"

우리는 제사 지내던 식은 볶음밥을 치우고 맥주잔으로 바꿔 모두의 잔에 맥주를 한 잔씩 따랐다. 이 상황에서 뭘 축하하는 건지, 우리는 평소 습관처럼 맥주잔을 부딪쳤다. 맑은 유리잔이 서로 부딪치는 소리와 함께 각자 복잡한 머릿속까지 시원하게 만들어줄 시원한 맥주 한 잔을 한숨에 들이마셨다. 그리고 아버지는 다시 이야기를 꺼내셨다.

"아들아! 내일 떠나는 가족 해외여행 말이야, 아빠 생각에는 지금 이 상황에 가는 건 좀 아닌 거 같다."

아이들은 비행기를 예약한 몇 달 전부터 하루하루 날짜를 세어가며 기다리던 내일이 바로 가족 해외여행이다. 그런데 그 하루 전날 화재라니, 아이들은 드디어 첫 해외여행을 간다며 학교에서 친구들에게 자랑을 많이 하고 온 모양이다. 지금 아이들에게 여행을 못 간다고 말하면 조금 전 화재로 무너진 강안채처럼 아이들의 마음이 그렇게 무너질 거다. 나는 무너진 집은 되돌릴 수 없고 지키지 못했지만, 해외여행에 기대 가득한 아이들 마음이라도 꼭 지켜주고 싶었다.

"여행 취소한다고 불난 집이 다시 돌아오는 것도 아니고, 아이들이 해외여행 저렇게 원했는데 실망하지 않게 아이들 잘 챙기고 조심해서 다녀올게요."

자식은 어떻게든 말려보겠지만 사랑하는 손주들 얼굴을 보며 더는 말리지 못하는 부모님은 마지못해 우리의 여행을 허락하셨다. 그리고 우리는 베트남 다낭 여행을 준비했다. 여행 캐리어를 펼쳐놓고도 한동안 무엇을 넣어야 할지, 갈피를 잡지 못해 오늘은 일단 쉬고, 내일의 나에게 짐을 떠넘겼다.

설레는 마음에 잠을 못 자는 아이들을 겨우 재우고 나서 우리도 늦게 잠을 청했다. '아직도 실감이 나지 않는 기나긴 오늘 하루가 이렇게 고단하고 정신없을 수 있을까?' '화재는 도대체 어디서 어떻게 시작된 것일까?' 누워서 잠을 이루지 못한 채 한참 동안 이런저런 생각을 하는 도중에 아내는 그제야 참았던 울음을 터트렸다.

걱정하는 부모님 앞에 씩씩한 척 괜찮은 듯, 여행의 설렘 가득한 아이들 앞에 무심한 척 괜찮은 듯, 세상 무너지는 신랑 앞에 강한 척 괜찮은 듯, 그렇게 척, 척, 척하다가 부모님이 가시고 아이들이 잠들며 하루가 마무리되고 침대에 눕고 서야, 그 모든 척이 한순간 무너져 내렸다. 아내는 한동안 울음이 멈추지 않았고 나는 그저 말없이 안아주며 토닥이다, 내 하루가 너무나 고단했는지 나도 모르게 잠이 들었다. 그러다 다시 아내의 그치지 않던 울음소리에 잠이 깨고, 아내의 어깨를 토닥이다 또다시 잠들기를 여러 번 반복했다. 나에게 다른 날에 비해 더 어두웠던, 그날 밤은 너무나 길었고, 그날 하루는 한없이 길게 느껴졌다.

동트기 전(해가 뜨기 전) 새벽이 가장 어둡다고 한다. 한없이 길고 길었던 밤과 그날의 하루! 그때는 밝은 아침을 기다리는 시간이 생각보다 쉽지 않았다. 그러나 지나고 보니 아무리 어두운 캄캄한 밤이라도 버티다가 시간이 지나면 언젠가는 밝은 아침이 온다. 그 밝은 아침이 오기 전, 동트기 바로 전 새벽이 인생에서 가장 어두운 시간인 걸 나는 뒤늦게 알았다. 그 어둡고 힘든 시간이 지나면 결국 눈부시게 환한 아침이 온다. 우리는 화재 난 바로 다음 날 저녁! 캐리어보다 무거운 마음을 짊어지고 베트남 다낭으로 가족 해외여행을 정말 떠나버렸다.

3.

우리가 짊어지는
모든 관계의 책임

"내 삶에 대한 책임은 오직 나에게 있다." – 오프라 윈프리

밤새 잠이 들고 깨고 반복하면서 내가 잠을 제대로 잤는지 못 잤는지, 또는 밤새 우는 아내를 위로한 건지 모르게 어느새 긴 밤이 지나고 다음 날이 밝았다. 거실로 나와 시원한 물을 한 잔 들이켰다. 냉수 한 잔에 정신을 차리고 소파에 앉아 가장 먼저 한 일은 강안채 사장에 대한 역할이다. 어제의 화재 사고에 대해 강안채 블로그와 SNS 계정에 공지를 작성했다.

무슨 말을 어떻게 적어야 할지, 그렇게 몇 번을 썼다 지우다 반복하며 분위기 무거운 화재 공지를 남기면서 또 한 번 어제의 화재를 깊게 실감하게 되었다. 어제는 집이 다 무너진 상황에서도 마치 SNS 중독된 것처럼, 이쪽저쪽 여러 방향으로 사진을 찍었다. 그 눈물의 사진들을 고르며 SNS 계정에 공지를 남겨야 했다.

공지 후에는 오늘부터 여행을 오지 못하시는 예약 손님들에게 죄송하다는 사과의 말과 함께 그동안 미리 받았던 많은 금액의 숙소 예약금을 모두 돌려드렸다. 하루라도 빠르게 다른 숙소를 예약하실 수 있도록 사장의 책임과 역할을 다했다. 그리고 만약 다음의 강안채가 다시 지어진다면 꼭 연락 드리겠다고, 조금이라도 할인된 금액으로 방문할 수 있도록 재차 안내를 드렸다. 다행스럽게도 여행 계획에 차질로 인해 언짢은 내색을 하시는 손님은 아무도 없었고 감사히 나의 첫 번째 역할에 대한 책임을 다했다.

♡ 270　♢ 76　▽ 11　　　　　　🔖

님 외 여러 명이 좋아합니다

little_9iant 안녕하세요!
봉화 독채민박 강안채 입니다.

어제 갑작스런 화재로 인해
저희 강안채가 전소가 되었고,
다행히도 인명피해가 없고
주변 밭과 산에도 문제없이
저희 강안채만 한순간에 사라졌네요
경황이 없고, 첫 수습을 하느라
이제서야 소식을 전달합니다.

강안채 화재를 모두에게 알려야 했던 SNS 공지!

다음은 직장에서 나의 역할이다. 화재가 발생하고부터 함께 일하는 회사 동료로부터 화재가 사실인지, 누가 다치지는 않았는지, 화재 보험을 들었는지 등 여러 부재중 전화와 문자, 카톡까지 우수수 왔었다. 나는 대답 없는 하루를 지내고 나서야 화재에 대한 단체 문자를 회사 동료 모두에게 남겼다.

"어제 오후 저의 강안채는 화재가 발생하여 집이 전부 전소되었고, 저는 오늘부터 가족 여행으로 인한 휴가로 며칠 쉬었다가 출근합니다. 직장 동료분들께 걱정 끼쳐 죄송하고 저는 다친 곳 없이 괜찮습니다. 위로에 감사드립니다."

다행스러운 건 가족 여행으로 인해 긴 휴가를 써놓은 상황이라, 당장 출근하지 않아도 되는 점이었다. 휴가가 아니었다면 이런 상황에서도 이른 아침 정상 출근을 해야 한다. 화재로 인해 정신없는 상황에서도 정신없이 바쁜 업무를 처리해야 하는 직장인의 역할에 책임을 다하는 상황이 왔을 것이다.

어제 화재 난 시간에 동네 이장님의 연락을 받은 아내는 회사 업무 중이었다. 연락받은 그 순간에도 오시는 손님들을 웃으며 인사로 맞이하고, 회사 업무를 2시간 동안 버티고 퇴근했다. 아내는 부르르 떨리는 손으로 핸들을 잡고 집으로 겨우 돌아왔다고 했다. 그런 날을 내일 또 이어가지 않아 다행이었다. 그리고 직장 동료에게 화재의 사실을 알리며 휴가 이후 문제없이 정상 출근을 하겠다는 연락을 남기는 것이 우리 부부가 꼭 해야 하는 두 번째 역할의 책임이었다.

세 번째 우리의 역할은 이 상황에서도 첫 해외여행으로 설레는 마음이 가득한 자식들을 향한 부모의 역할과 책임이었다. 어젯밤에 미리 준비했어야 하는 여행 짐 싸기는 몸과 마음이 지쳐서 조금 늦은 아침부터 분주하게 시작되었는데 무슨 정신인지, 옷을 얼마나 어떻게 챙겨야 할지 갈피를 잡지 못했다. 넣은 옷을 꺼내고 다시 넣고를 여러 번 반복했다. 우리는 계획처럼 완벽하게 준비하지 못한 채 부족하면 현지에서 해결하자는 계획형 성격과는 전혀 다른 행동으로 비행기를 타러 공항으로 떠났다.

공항으로 가는 차 안에서도 마치 부부 싸움한 것을 아이들 앞에 티 내지 않으려 노력하는 부부처럼 화재, 강압채, 불이라는 단어는 아이들 앞에서 절대 언급하지 않게 금지어로 정했다. 아이들과 함께하는 첫 해외여행을 망치거나 초를 치면 안 된다. 아직 어린아이들이지만 첫 해외여행 와서 화재 이야기만 가득하고 이럴 거면 그냥 여행 취소를 하는 게 낫다고 하는 실망 가득한 소리를 듣고 싶지는 않았다. 그렇게 애써 태연하고 괜찮은 척 아이들 앞에서 우리도 꼭 가고 싶은 해외 여행을 함께 가는 것처럼 즐거운 마음을 불러일으키며 여행을 시작했다. 우리 부부는 그렇게 노력하며 여행했지만, 여행지에서 찍은 사진을 보면 표정이 모든 걸 말하기도 했다.

마지막으로 우리 부부의 역할은 우리도 누군가의 자식으로서 양가 부모님의 걱정에 대해 안심을 시켜드려야 한다. 부모님께 우리 마음은 정말 괜찮고, 뭐든 다시 시작하면 된다고, 다친 사람 없이 잃은 건 그저 돈 하나밖에 없다고 말씀드렸다. 돈은 다시 열심히 벌면 되는 거라며 아무렇지 않은 듯 아이들과 함께 여행 무사히 잘 다녀오겠다며 애써 태연하게 거짓말 같은 말을 전했다. 자식이 아무리 나이가 들고 아이들까지 낳고 키운다 해도 부모 앞에서는 항상 어린아이다. 애써 강한 척하는 자식들의 속마음을 훤히 다 알면서도 물가에 내놓은 아기 바라보듯이 걱정하는 부모님들의 눈빛이 훤히 보였다. 그런 부모님 앞에 아내는 눈물을 참아가며, 서로의 마음을 조금씩은 숨기면서 우리는 인사를 하고 떠났다.

우리가 가진 많은 역할에서 모든 책임을 다하고 나서야 우리는 스스로 속마음을 돌보고 싶었다. 공항에 도착하기 전

잠시 서점에 들러 우리 마음을 위로해 줄 책을 서로 한 권씩 샀다. 비행의 시간 동안 책을 통해 복잡하고 속상한 마음을 달래는 소중한 시간을 가졌다. 그땐 몰랐지만, 나중에 들은 얘기로 화재 난 뒤 바로 해외 가족 여행을 떠나는 우리를 바라보며 많은 이들은 멘탈이 대단하다 했다. 그리고 최근에 만난 직장 후배는 술자리에서 처음 듣는 나의 이야기를 듣고 무슨 소설을 쓰냐며, 농담이 심하다며 믿지 않기도 했다. 그러나 멘탈이 대단한 것도 아니고 농담이 심한 것도 아니다. 그저 우리 삶에 일어나는 크고 작은 일들에 대한 우리의 다양한 역할에서 묵묵히 짊어져야 하는 모든 책임이라고 생각했다.

"당신의 삶에 대한 책임은 오직 당신에게 있다."

오프라 윈프리가 했던 유명한 말처럼….

4.

어떻게 살까 싶어도,
살면 살아진다

> **"살민 살아진다. 참 어떻게 살까 싶더니만 살민 살아진다.**
> **진짜로 살민 살아졌네."** – 〈폭삭 속았수다〉의 한 대사

눈에서 멀어지면 마음에서 멀어진다는 말처럼 아이들을 핑계 삼아 우리는 화재로부터 멀어지려 멀리 해외까지 도망 간 느낌이다. 아이들은 처음으로 해외여행이자 베트남 다낭 을 가보았고 하루하루 신이 나기보다는 그저 지금까지 살아 온 세상보다 조금 다른 세상이 신기해 보였다. 그런 아이들 을 데리고 이곳저곳 구경도 다니며 익숙하지 않은 음식과 문 화를 접하면서 아이들도 처음이지만 우리도 이곳 여행이 처 음이기에 더욱 조심스럽고 신경이 쓰여서일까? 아니면 음식 을 먹는 것두 이동하는 것두 더 주심하려고 집중해서인까? 하루하루가 지날수록 머릿속에서 화재 난 집은 점점 잊혀갔 다. 우리는 아이들을 위해 어색한 가짜 웃음 지으며 사진 찍 던 첫날과는 달리 날이 지날수록 진짜 웃음으로 참지 못해

깔깔거리는 웃음까지 보이며 웃고 즐기고 있었다. 그렇게 웃고 있다가도 한국에서는 화재 소식을 뒤늦게 듣고 한 통씩 전화가 왔다.

"이제야 화재 소식 들었어, 니는 좀 괜찮나??"

조금 늦게 소식을 들었던 건지, 소식 듣고 바로 연락을 못하고, 내가 조금 마음을 추스르는 시간을 가지게 한 후에 전화를 한 건지 모르지만 친구들의 전화가 그렇게 하나둘씩 걸려왔다.

"어, 그래! 난 지금 뭐 괜찮아!" 그렇게 괜찮다며 한마디를 던졌다.

"그래 그럼 다행이네, 그래도 바쁘고 정신없겠다. 근데 어디야?"

내가 괜찮다고 하니 친구는 더 할 말은 딱히 없어서, 그럼 어디서 뭐 하는지 무심코 물었다.

"나 여기 다낭이야!"라며 나의 짧은 대답에 친구는 다시 물었다.

"단양? 거기서 뭐 하는데?"

집에서 고속도로 30분 거리에 있는 충북 단양으로 들렸는지, '웬 뜬금없는 단양? 봉화에서 사고 후 처리해야 하는 거 아닐까?' 하는 생각으로 다시 물어보는 친구에게 말했다.

"아니, 여기 베트남 다낭이라고, 가족 해외여행 왔어!"라고 했다.

전화한 친구는 그제야 해외 로밍 전화라서 통화 품질이 좋지 않아서 잘못 들었는지, 아니면 다낭은 단순히 생각해서 말이 안 되고, 그나마 단양은 가까우니까 하며 받아들인 스스로가 틀림을 이해하고서 무거운 목소리가 한결 부드러워지며 얘기했다.

"아 베트남 다낭? 니 진짜~ 괜찮네! 내가 괜한 걱정을 다 했네, 가족들하고 재밌게 가족 여행 잘하고 온나!"

친구는 위로의 말을 전하려다, 괜히 어색해하며 여행에 방해될까? 부랴부랴 전화를 끊었다. 화재 생각을 잊을 만하면 몇 번의 비슷한 안부 전화가 이따금 있었다. 사실 내 마음속 현실은 침대에 누워 울부짖으며, '왜 나한테 그래요? 내가 뭘 그렇게 잘못했다고 그래요?'라며 하늘을 원망하고 소리치고 싶었다. 그러나 뜻하지 않게 해외여행으로 불난 집은 지켜 주지 않던 하늘이 친구들한테는 나를 강한 멘탈로 보이며 내 자존심 하나쯤은 지켜주는 것만 같았다.

나는 현실에서 도피하듯이 그곳을 떠나왔다. 해외여행을 꿈꾸던 아이들을 핑계 삼아 마치 부모 역할에 대한 강한 책임감인 듯 그렇게 떠난 이 가족 여행이 시간이 지날수록 너무나 감사하고 다행스럽게 느껴졌다. 예상한 대로, 계획한 대로 인생은 내 마음대로 되지 않는다. 그러나 집이 다 타 버린 상황에서 급히 떠난 이 여행에서 오히려 이보다 더 좋은 시간은 없었을 거라 생각을 달리했다. 마음대로 되지 않는 현실을 받아들이기로 생각했다.

한국으로 돌아오는 비행기에서 읽은 『만일 내가 인생을 다시 산다면』이라는 책은 이런 내 마음을 더 위로해 주었다. 사랑은 다른 사랑으로 잊혀가고 아픔은 더 큰 아픔이 잊게 하듯이 김혜남 선생님의 이 책을 읽으며 저자가 어린 나이에 언니를 잃고, 의사가 된 이후에 파킨슨병을 앓고 무거운 인생을 살아가는 이야기를 읽으며 지금 내 삶의 무게가 너무 가볍게 느껴졌다. 타인의 삶에 비교해 내 인생을 위로하는 간사한 마음이 느껴졌지만, 그 순간만큼은 그런 위로를 받으며 나도 다시 웃으며 살고 싶었다. 그렇게 조금씩 나아지고 있었다. 그렇게 살면 또 살아지는 거였다.

최근 많은 사람의 심금을 울리는 넷플릭스 드라마 〈폭삭속았수다〉가 있다. 집도 사고, 배도 사고, 자식들과 행복한 나날들이 이어지는 어느 날에 자식을 잃고, 온 세상을 잃었다. 그런 상황에서도 하루하루 살아가는 배우 박보검과 아이유가 출연한 이 드라마의 명대사처럼….

"살민 살아진다."

"참 어떻게 살까 싶더니만 살민 살아진다. 진짜로 살민 살아졌네."

잃은 것이 하나 있어도, 아직 지켜내야 할 많은 것이 있기에 그렇게 남은 것을 지키며 살면 살아진다. 또다시 살아간다. 앞이 보이질 않을 만큼 어둡고 힘들어도, 긴 새벽이 지나 어느 순간 나시 해가 뜨고 다시 화려하게 꽃이 피는 게 우리 인생인가 보다. 베트남 다낭에서 바라본 건물 위에 예쁜 꽃을 바라보며, 다시 활짝 꽃이 피고 빛나는 인생을 상상해 보았다.

분홍색으로 활짝 꽃 피어 있는 베트남의 한 건물처럼….

5.

아직 너무 젊어,
용기만 있으면 돼!

　베트남 다낭에서 출발한 비행기는 우리 가족을 안전하게 부산공항으로 안내했다. 현실에서 조금 벗어나며 꿈만 같았던 가족 여행이 모두 끝나고 우리는 조금 잊고 지냈던 그 현실로 복귀했다. 부산에서 집으로 돌아오는 길은 휴가를 끝내고 복귀한 직장에서 밀린 업무가 몰아치듯 핸드폰이 쉬지 않고 벨이 울렸다. 급하게 떠난 해외여행이라, 출발하기 전 미리 귀국 시간을 알려드렸더니 화재보험 손해사정사, 화재보험 담당자, 화재 담당 소방조사관, 화재 담당 형사님까지 부산공항 도착과 함께 앞다투어 전화가 왔다. 많은 통화는 고도의 비행으로 인해 먹먹하던 내 귓속을 모두 뚫어주는 듯했다. 그렇게 몇 통의 전화 통화로 시차 적응과 함께 현실 적응을 완벽하게 해내면서 정신없이 집으로 돌아올 수 있었다.

집으로 현실 복귀를 마친 다음 날, 아직 마음은 베트남 다 낭에 있는지 마냥 즐거웠던 아이들은 각자 친구들에게 해외 여행 자랑을 하려고 아침 일찍 서둘러 학교를 후다닥 가버렸다. 아내와 나는 아직 하루가 남은 휴가 기간이라, 돌아온 현실을 더 명확하게 느낄 수 있는 화재 현장으로 출발했다. 화재 현장을 이제야 마주한 아내는 눈가에 맺힌 눈물을 참으면서 그날 당시 현장에서 참담함을 지켜본 나를 이 순간을 어떻게 지켜보았냐며 고생 많았다며, 애써 또 한 번 위로해 주었다.

우리는 무너져 내린 집을 공간별로 꼼꼼히 하나하나 둘러보던 중, 작은방 한쪽 구석에 있는 이불장이 불에 타다 말고 멀뚱히 서 있는 것을 발견했다. 안쪽을 열어보니 불에 타지 않은 베개 두 세트가 남아있었다. 강안채는 손님 베개 하나까지 비싼 제품으로 준비했는데 이거라도 불에 타지 않고 남아서 얼마나 다행인지, 그을림과 함께 물에 젖은 베개 두 세트를 트렁크에 그대로 넣어 집으로 챙겨왔다. 나중에 집으로 돌아온 후, 베개를 다시 사용하려는 마음에 여러 번 세탁해서 널어보았지만, 베개 피에 묻은 화재의 그을림과 화재 불냄새는 문신처럼 진하게 새겨져서 지워질 기미가 없었다. 그렇게 베개는 세탁만 5번 하고 버리게 되었다. 우리에게 화재가 남긴 건 마음의 상처 외 정말 단 하나도 없었다.

다시 현장으로 이야기를 돌리면 화재 현장을 확인한 후에 우리는 고마운 분들에게 감사 인사를 전하기로 했다. 첫 번째로 봉화 춘양면의 소방서다. 화재로 인해 긴급 출동을 하시고, 화재 진압에 모든 힘을 쏟아주신 많은 소방관분께 그날의 감사함을 전하면서 박카스를 전달해 드렸다. 작은 박카스 한 통으로 우리의 감사함이 모두 전달할 수는 없겠지만, 그때 정신없는 상황에 인사도 못 드리고 어떻게 복귀하셨는지조차 기억이 나지 않아, 죄송함과 감사함을 다시 한번 전했다. 그리고 앞으로 현장 조사 이후 진행되는 방향까지 설명을 듣고 나서 우리는 춘양 소방서의 문을 열고 나왔다.

두 번째 감사 인사를 전한 곳은 연기를 보고 화재 신고를 해 주신 강안채 윗집에 사시는 할머니다. 집에 불이 났다며 화재 소식을 나에게 전화로 처음 전달해 주신 분은 윗집 할머니의 큰 아드님이자 내 고등학교의 대선배님이셨다. 하지만 춘양 소방서에 방문하고 나서야, 최초 화재 신고자는 윗집에 사시는 올해 90세가 다 된 할머니이심을 알게 됐다. 오랜만에 찾아뵙고 만난 윗집 할머니는 반가워하시면서도 걱정 가득한 얼굴로 불편한 몸을 움직이며 손을 흔드셨다.

"아이고 그래~ 어서 와요. 어서 와, 어서 들어와."

우리를 너무나 반갑게 맞아 주셨고, 할머니 방으로 들어가 우리에게 그날의 이야기를 해 주셨다.

"나는 손님이 고기를 굽는 줄 알았지, 처음에는 연기가 조그마하게 솔솔 나니까⋯. 난 진짜 그 집에 손님이 오신 줄 알았다니까!
그러고는 다시 조금 뒤에 이래 내려다 보이까 이게 아이더라고~
시커먼 연기가 나고, 불이 난기라⋯. 우리 아들은 술 마시러 나가고 없제, 내가 정신없이 맨발로 마 길가로 뛰 나가서⋯."

할머니는 눈물까지 보이면서 그날에 이야기를 생생하게 전해주셨다. 집 구석진 한편으로 연기가 시작되었고, 할머니는 단순히 민박집 손님이 고기 굽는 연기구나 생각하고 계시다가 점점 커지는 연기에 다시 내려다보니, 연기는 더 심해지고 불길까지 눈에 들어와 그제야 집에 불이 났다는 걸 아셨다. 집안에 큰아들은 나가고 없고, 할머니는 급한 마음에 큰 도로까지 뛰쳐나가며 지나가는 차량에 손을 흔들어 세우면서 119 신고를 요청하셨다고 한다. 화재 신고 이후에 큰 아드님께서 귀가했고 화재 상황을 나에게 전화로 알려주신 거였다.

"하필 아들은 술 마시러 어디 나가고 없고, 내가 전화도 할 줄 모르고, 마음은 급하고 여기 애기 엄마 걱정돼서, 도로에 차를 세우러 나갔는디…. 이놈의 차들은 쌩~쌩~ 하나도 세 워주지도 않고, 글다가 겨우 한 대 세워가꼬, 내 119를 그래 전화했다고…."

90세가 가까운 윗집 할머니께서 그날의 안타까움을 한없 이 설명하는데 우리 부부는 너무나 감사함에 그리고 또 너무 나 죄송스러운 마음에 흐르는 눈물을 참을 수가 없었다.

"아이고 애기 엄마, 다 괜찮다이…. 아직은 둘 다 너무나 젊 다. 용기만 있으면 돼! 딴 거 다 필요 없고, 딱 용기 하나만 그 저 용기만 있으면 다 된다꼬! 애기 엄마 아~ 울지 말고~~"

할머니는 다른 말은 없이 그저 용기만 있으면 모든 게 다 괜찮을 거라고 하셨다. 처음에는 그 용기가 도대체 뭘까? '살 아가는 용기? 다시 집을 짓는 용기?' '집을 다시 짓기 위해 대출 낼 용기?' 그러나 시간이 지나면서 우리는 느꼈다. 정말 용기가 필요한 순간이 생겼다. 우리에게 누군가는 '민박집 장사 한번 해봤으니 그만 됐고 그 땅 팔면 손해는 없을 거야.'라고 했다. 그러나 할머니가 이야기한 용기는 다 무너지고 다 잃어도 포기하지 않고 다시 시작하는 것이었다.

길게 공들여 세운 도미노가 의도치 않게 모두 넘겨져도, 그동안 해온 모든 것들이 다 무너져도, 다시 처음부터 시작하는 용기! 그 용기가 필요한 순간이 왔고 우리는 그 용기를 내어 보기로 했다. 다시 새롭게 집을 짓는다. 새롭고 더 좋은 강안채를 다시 짓는다. 쓰러진 도미노를 하나씩 세우듯이 그렇게 처음부터 다시 만들어 보겠다!

글을 쓰면서 할머니 생각에 오랜만에 찾아뵙고, 아내는 할머니와 함께 사진을 찍었다. 우리가 가끔 찾아와주는 것만으로도 항상 너무 좋으시다며 활짝 웃으면서 우리를 반겨 주신다. 할머니! 지금처럼 건강하셔야 해요, 앞으로는 더 자주 인사드릴게요. 항상 감사합니다.

항상 웃으시며 우리는 반겨주시는 할머니와 함께….

12월 출간을 앞두고, 한참 편집을 진행하고 있는 11월 3일! 할머니의 부고 문자를 받고 우리는 한동안 멍해졌다.

지난 10월 추석 명절에 앞서 집으로 할머니를 찾아뵈러 갔을 때는 자식분들과 외식을 하러 나가셔서 못 만나 뵐 만큼 건강하셨기에 이 사실을 보고도 믿을 수가 없었다. 하필 할머니가 집에 안 계신 시간에 방문하게 된 그때 그날이 후회에 사무치게 되었다.

우리는 이 책이 출간되면 떡을 한 되 사고, 할머니께 전해드릴 빳빳한 새 책으로 한 권 챙겨 들고, 할머니를 찾아뵙고 다 함께 따끈한 떡을 나눠 먹으면서 작은 글씨의 책을 천천히 읽어 드리는 모습을 상상하곤 했다. 제가 조금 늦었습니다. 죄송합니다.

저희에게 큰 용기를 주신 故 방야전 할머님께 깊은 감사를 전하며, 환하게 웃으시던 영정 사진처럼 하늘 위에서도 항상 웃으며 행복하시길 바랍니다. 감사합니다.

6.

아스팔트에서 피어난
한줄기 꽃처럼….

우리가 큰 용기를 내어 멋진 집을 짓기 전에 해야 할 일은 바로 무너져 있는 이곳을 깨끗하게 치우고 정리하는 철거 작업이다. 현장 철거 작업을 직접 하려고 하니 내 마음이 너무 쓰이고, 철거 전문업체에 전부 맡기려고 하니 내 돈이 너무 쓰인다. 인근 지역 철거업체에 철거 금액을 한번 알아보니, 평당 15만 원 이상! 거기에 폐기물 처리 비용은 별도이며 대략 평수 계산으로 약 1,000만 원! 무시 못 할 만큼 철거 비용이 상당하다. 나도 장사를 한두 번 해봐서 알지만, 장사가 대박 날 꺼라 생각하며 예쁘게 리모델링하고 시작하시는 많은 자영업자가 있다. 그러나 매년 경기는 좋지 않고, 장사가 안되어 더는 버티지 못하고 폐업을 하는데, 임대차 계약서상 원상 복구로 인해 임대한 상가를 철거할 때는 두 눈에 피눈물이 흐른다.

근데 하루아침에 예상하지 못한 화재로 인해 모든 것이 전부 불에 타 사라지고 더는 영업도 못 하게 된 상태로 철거를 하는 나의 이 마음은 얼마나 더 오죽할까? 무너져 내린 이곳을 바라보는 것도 이렇게 힘든데 여기에 돈까지 더 많이 들여 철거하는 건 내 마음이 더 힘들 거 같았다. 차라리 내 몸이 힘들어도 비용을 줄이는 방법으로 직접 철거를 진행하기로 했다.

회사 쉬는 날에 하루 휴가를 붙이고 철거 작업에 3일을 계획했다. 건축 자재의 철거에도 가정에서 쓰레기 버리듯이 분리배출을 해야 한다. 가장 먼저 시멘트 콘크리트다. 최대한 시멘트만을 별도 분리하여 환경 업체에 신고하여 버려야 한다. 분리가 제대로 안 되어 배출할 경우 과태료가 붙어서 추가 비용이 발생할 수 있다. 두 번째는 돈이 되는 고철이다. 폐가전, 철판 프레임, 지붕 강판 등 모든 고철은 따로 분리하여서 고물상에 가져가 판매를 할 수 있다. 돈이 되는 부분이니까 작은 거 하나라도 그냥 버리지 말고 모아야 철거 비용을 아낄 수 있다. 세 번째는 폐목재이다. 옛날 목조 주택이라 폐목재가 상당히 많이 나왔다. 목재 또한 따로 버리는 곳이 지정되어 있으며 일반 쓰레기보다 버리는 비용이 많이 든다. 폐목재는 신고하여 버리지 않고, 시골에 계시는 장인어른 댁으로 옮겨 겨울에 땔감으로 사용하는 방법을 선택하며 폐목재 신고 비용을 줄였다. 마지막으로 남은 건 폐쓰레기이다. 분리 후 남은 쓰레기들은 큰 자루에 담아 쓰레기 소각장으로 신고 후 버리면 된다. 비용은 1톤 트럭 한 대 가득 채우고 10만 원 안쪽으로 가능하다.

그렇게 철거에 대해 먼저 알아보고 철거 시나리오를 계획한 후 실천에 들어갔다. 불이 났을 때 집의 지붕을 처참히 무너뜨린 포클레인 기사님의 연락처를 주변 철물점 사장님께 전해 받았다. 기사님께 연락하여 현재 나의 상황을 상세히 말씀드렸고 철거할 때 콘크리트 분리 작업을 부탁드렸다. 화재 때 직접 현장을 보셨기에 철거하면서 필요한 크기에 차량을 알아봐 주셨고 분리한 시멘트를 담아서 이동할 2.5t 트럭까지 직접 섭외를 해 주셨다. 철거 작업은 2일 정도 예상하셨다. 무거운 시멘트만 분리하여 배출되면 나머지는 시간 되는 대로 치우면 된다. 모든 계획을 마치고 난 후 직접 철거하는 고된 일이 예상되어 선잠을 자고 일어나는데, 새벽 6시에 아버지의 전화가 왔다.

"아들 일어났나? 철거 작업하러 몇 시에 출발할 거야?"

혼자 조용히 출발하려던 찰나 아버지는 아들이 걱정되어서 함께 갈 준비를 일찍 다 하고 나서 아들이 이제 일어났겠지 생각하며 전화를 하셨다. 아들 혼자 고생할까 봐 함께 나서시는 아버지를 나는 말리지도 못하고, 그런 감사한 마음은 또 제대로 표현도 못 하며 말을 건넸다.

"그럼 뭐, 지금 아버지 집 앞으로 모시러 갈게요."

아버지와 통화를 마치고 철거 작업을 하며 마실 물과 커피를 샀다. 그리고 체육복 한 벌 차림으로 집 앞에 나와 계시는 아버지를 트럭 앞자리에 모셨다. 우리는 만반의 막노동 준비를 하고 철거 현장으로 도착했다.

포클레인 장비가 먼저 도착하여 작업 준비를 하고 있었다. 오늘 함께 손발 맞춰 일하는 한 팀으로 우리는 모닝커피를 한 잔씩 나눠 마시며 오늘 작업에 대한 결의를 다졌다. 포클레인은 시멘트 콘크리트를 잘게 부수면서 콘크리트만 차량에 골라 실어주는 역할을 한다. 트럭 차량 기사님은 오로지 운전이다. 군대에서도 운전병은 운전 외에 다른 일은 겸하지 않는 것처럼 현장 노가다 판에서도 기사님은 오직 운전만 하신다. 차량을 주차한 후 내리지도 않으시고 두 손은 핸드폰과 핸들을 함께 부여잡고만 계셨다.

아버지와 나는 포클레인 옆에서 콘크리트가 아닌 다른 자재들을 한쪽으로 계속 치우고 또 던졌다. 폐목재는 목재끼리 뭉치고 폐쓰레기는 큰 자루에 따로 넣고 고철은 나중에 고물상에 팔기 위해 한쪽 공간으로 몰아 놓는다. 허리가 끊어질 듯 수십 번, 수백 번 허리를 숙여 쓰레기들을 줍고 다시 각각의 공간으로 모았다. 언제 이 시간이 끝이 날까? 포클레인 작업 속도를 두 손이 맞춰 빠르게 따라가는 게 버거워 힘들어지는 그 순간! 포클레인 사장님이 장비의 시동을 멈추고 문을 열어 의자에서 내리시면서 말을 꺼냈다.

"오전은 여기까지 하고, 그만 점심 식사하러 가시죠."

아버지와 나는 이 한마디를 얼마나 기다렸는지! 흐르는 땀이 마치 내리는 비처럼, 웃통을 적셔왔다. 아직 젊은 나도 이렇게 힘든데, 똑같이 옆에서 허리를 숙였다 폈다 일하시는 아버지는 얼마나 힘들까 생각하며 아버지를 돌아봤다.

먼지를 덮어쓰면서도 아들에게 내색을 못 하시던 지친 아버지의 얼굴

　얼굴에 묻은 검은 먼지 얼룩과 함께 내쉬는 거친 숨소리에
서 아버지 목구멍 속까지 검은 먼짓가루가 가득한 게, 마치
내 눈에 보이는 것만 같아서 갑자기 눈물이 핑 돌았다. 먼지
와 땀이 범벅되어 쓰기에 불편한 마스크를 벗은 채 쉬지 않
고 분리 작업만 하셨다. 내가 괜히 직접 철거하겠다고 나서
서, 아니 내가 괜히 철거 비용 많이 들까 봐 스스로 한다고
해서, 그렇게 자책하는 아들을 신경 쓰이게 할까 싶어 힘들
다고 내색도 안 하는 아버지께 속상한 마음에 물어보았다.

"아버지 안 힘들어요? 왜 함께 오셔서 힘들게 고생하시고 그래요."

나의 걱정스러운 한마디에 아버지는 별일 아닌 듯 대답했다.

"아직 별로 안 힘드네? 근데 배는 고프다. 빨리 밥 먹으러 가자!"

아들이 걱정할까, 내색도 안 하시는 아버지의 말에 나는 그 속상함을 옷에 묻은 먼지와 함께 손으로 털어버렸다. 하지만 다시 손으로 옮겨붙은 먼지처럼 여전히 속상함을 내 마음속에 남긴 채 아버지를 모시고 식당으로 향했다. 트럭 기사님과 포클레인 사장님을 모시고 우리는 현장과 가까운 식당에서 다 함께 점심을 먹었다. 공깃밥 양이 그렇게 많지 않았지만, 우리는 밥 한 공기만 깨끗하게 딱! 먹고 일어섰다. 아버지와 나는 배가 너무 부르면 오후에 하는 일이 더 힘들 거라는 걸 서로 말하지 않아도 알았다. 나는 그런 아버지를 생각하니, 옆자리에서 눈치 없이 밥 두 공기를 맛있게 드시는 트럭 기사 아저씨가 아까보다 더 얄밉게 느껴졌다. 식사를 마치고 커피를 마시며 잠시 쉬는 시간은 마치 손님이 타고 있는 택시처럼 잡으려 해도 오히려 더 빠르게 지나가 버렸다. 아버지와 나는 오후 내내 오전과 같은 일을 다시 기계처럼 반복해서 해내고 있었다.

한참 포클레인이 바닥을 긁어내고 콘크리트를 부수고 하는 중 쓰레기 더미 속에서 검은 때가 묻었지만 하얀 컵이 눈에 보였다.

"사장님! 잠시만요. 잠깐만 멈춰줘요."

콘크리트와 쓰레기 더미 속에서 강안채 로고가 새겨진 도자기 컵이 나왔다. 수원에서 오신 손님이 방문하셨을 때 직접 만들어서 선물로 주셨던 강안채 로고가 들어간 드립 커피잔이다. 도자기라서 강한 불에는 버틴다 해도 이렇게 포클레인이 부시고 밟고 바닥을 긁어내는데도 깨지지 않고 내 눈에 딱 보이는 게 너무 놀랐다. 이건 마치 운명 같은 일인 걸까? 철거로 인해 몸이 지쳐서 그런지 희한한 생각까지 들었다.

다 무너져 내린 이곳에서 강안채는 아직 살아있는 것처럼, 마치 아스팔트 틈새에서 피어난 한줄기 꽃처럼 내 마음속에서 희망이 피어오른 것만 같았다. 갑자기 힘들고 지친 기색이 모두 사라지고 철거 일이 즐겁게 느껴졌다. 내가 직접 안

했으면 이 컵은 못 봤을 텐데, 다시 못 만났을 텐데 생각하며, 힘들어하시던 아버지 얼굴을 또 금세 잊어버리고 직접 철거하길 너무 잘했고 다행이라 생각했다.

콘크리트 더미에서 깨지지 않고 발견된 강안채 로고가 새겨진 커피잔

오전에 분리 작업을 반복하며 힘든 일도 요령이 생긴 건지 오후 일은 오전보다 힘들지도 않고 일의 속도가 붙었다. 아버지와 함께해서 그런지 내일까지 진행하려던 작업은 포클레인과 트럭을 1시간 작업 연장하여 하루 만에 모두 끝을 냈다. 이어서 둘째 날은 장인어른 트럭을 빌려 고칠민 고물상

에 실어 나르며 판매했다. 3일째는 폐목재와 남은 폐쓰레기를 치우면서 3일 만에 모든 철거 작업이 끝이 났다.

업체를 통하지 않고 모든 것을 직접 철거한 비용은 포클레인 장비를 포함한 인건비 70만 원, 2.5t 트럭 장비와 인건비 50만 원, 콘크리트 신고 분출비 120만 원, 폐쓰레기 매립장 분출비 10만 원, 총 250만 원 발생했지만, 고물상에서 고철 매각으로 50만 원을 벌었으니까 최종적으로는 200만 원으로 셀프 철거를 마무리했다.

그리고 이제 끝이라고 생각한 철거 작업에 또 다른 변수가 있었다. 집이 앞쪽으로 무너지면서 넓게 깔아둔 하얀 자갈이 잿빛으로 변했고 곳곳에 유리 조각과 화재 잔여물이 자갈 속으로 들어가 있어서 깔아둔 자갈 일부를 걷었다. 한곳에 모은 자갈의 양은 1톤 정도 되었고 한 알 한 알씩 직접 자갈을 씻어가며 불순물을 모두 제거하는데 다시 꼬박 3일이 더 걸렸다. 3일 내내 자갈만 씻어내며 물에 퉁퉁 불어버린 두 손과 쪼그려 앉아 작업하느라 며칠 정도 계속되던 허리 통증을 남기고 철거는 모두 끝이 났다. 그렇게 모든 걸 정리하고 나서야 씻은 하얀 자갈처럼 내 마음도 화재에서 벗어난 듯이 깨끗하게 씻겨지는 것만 같았다.

검게 그을린 하얀 자갈들을 손수 하나하나 씻어가며 다시 제자리를 찾아간다.

내 결정으로 지붕을 무너뜨리고 내 손으로 무너진 집을 정리했다. 이제는 나의 셋째 자식 같던 강안채를 내 손에서 멀리 놓아준 것만 같았다. 오래된 아스팔트 틈새에서 피어나는 한줄기 꽃처럼, 또는 쓰레기 더미 속에서 깨지지 않고 버티고 돌아온 컵처럼 그렇게 강안채는 강한 의지를 품으며 더 멋지고 새롭게 다시 태어날 거다.

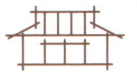

빛나는 삶, 빛나는 오늘

아무것도 보이지 않던 곳에서
새어 나오는 빛

어두운 절망에서 밝게 빛나는 희망으로.

어둠이 내려앉은 강안채 앞마당을 보면 영원히 캄캄할 것 같지만,

아침이 오면 어김없이 빛이 새어 들어온다. 앞마당 하얀 자갈에

햇빛이 내려앉는 모습을 보면 결국 희망이 있음을 느낀다.

4장

계획은 빗나가도
삶은 빛날 수 있어

집을 다시 지으며 깨닫는 삶의 행복

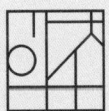

계획은 또 빗나가지만, 이제 익숙해진다.
처음 집을 지으며 알게 되는 것들,
돈이 가장 중요하지 않다는 것,
무엇이 우리를 행복하게 만드는지
알아가면서 삶을 다시 계획한다.

1.
계획이 빗나가면
또 다른 방법을 찾는다

"행복의 문 하나가 닫히면 또 다른 문이 열린다." – 헬렌 켈러

화재 이후에 주변 사람들은 집이 사라진 그 공간에 다시 새집을 짓고 민박집 영업할 생각 말고, 여기서 그만 멈추라고 했다. 그들은 우리가 숙박업이라는 장사를 한번 경험했고, 그 경험과 함께 돈도 벌어봤으면 괜찮았다고 했다. 그리고 화재로 인해 큰 금액은 아니지만, 화재 보험금과 집이 사라지고 남겨진 땅까지 팔아버리면 금전적으로도 손해는 아니라고 이야기했다.

여윳돈이 없는 상황에서 무리하게 집을 짓고 민박집을 또다시 운영하기에는 리스크가 크다는 건 우리 부부도 인정한다. 그러나 우리는 회계학적으로나 눈에 보이는 돈의 계산만으로 인생을 살아가지 않는다. 우리가 끝이라고, 이제는 정말 아니라고 판단했을 때 우리 스스로 멈추고 싶었다. 아직

은 이곳을 너무나 좋아하며 의도치 않게 벌어진 이 상황에서 어쩔 수 없이 멈추고 싶지는 않았다. 나는 금전적으로 무리해서라도 더 멋진 강안채를 다시 새롭게 지어보고 싶었다.

철거가 모두 마무리되고, 화재에 대한 상황과 앞으로 나아가야 하는 현실에 무거운 짐을 안고 괜찮은 척 묵묵히 버텼지만, 사실 몸도 마음도 힘들고 지쳤다. 용기 있게 멋진 집을 다시 짓겠다고 다짐하면서도 머릿속 걱정은 용기를 조금씩 갉아 먹고 있었다. 다른 누구에게 속마음까지 다 털어놓고 이야기한다고 해서 지친 내 마음이 가벼워지지 않는 걸 알고 있기에 그렇게 계속 가슴속에 묻으려고만 했다. 그런 어느 날, 아내와 이야기를 나누면서 한순간 그 지친 걱정을 내려놓을 수 있었다. 아내는 어딘가 기운 없이 지쳐 보이는 나에게 이야기했다.

"우리 전원주택 짓는 거 꿈이었잖아. 이건 하늘이 우리한테 집 지을 기회를 준 거야. 〈건축 탐구 집〉 프로그램에 나올 만큼! 아니, 올해의 건축상은 어때? 우리 돈 많이 들더라도 제대로 다시 지어보자!! 돈은 조금씩 또 벌면 되고, 윗집 할머니 말씀 기억하지? 우리 아직 젊다고 그저 용기만 내라고 했잖아!"

뭐든 마음먹기 나름인가 보다. 몸과 마음이 지쳐 피로감이 가득했는데 아내의 긍정적인 말 한마디에 한순간 즐거워지고 오랫동안 나의 어깨를 누르고 버티던 피로와 걱정의 곰세 마리가 금세 어디론가 사라지고 말았다.

"그래, 이왕 이렇게 된 거 뭐, 나 전부터 좋아했던 그 유명한 건축가 기억하지? 그 건축가에게 우리 집을 맡기고 싶었어!"

나는 〈건축 탐구 집〉 프로그램에서 한두 번 소개된 적이 있었던 건축가와 멋진 작품을 만들어 보고 싶었다. 올해의 건축상! 생각만 떠올려도 너무 설레 가슴이 두근거렸다. 우리 부부는 맥주 몇 잔을 뱃속으로 시원하게 들이켜며 멋진 집을 짓는 꿈도 함께 마음속으로 들이켰다.

"여기에는 다이닝 룸을 만들고, 이곳에 안방 만들고 화장실은 이쪽으로 하고! 동선으로 봤을 때 이런 위치는 어때? 예전 강안채는 이게 좀 불편했잖아. 그렇지?"

우리 부부는 술도 한잔 마신 김에 아이들의 스케치북을 꺼내놓고 다시 지을 집의 구조까지 직접 그려보며, 멋진 집을 짓는 싱싱에 흠뻑 취하느라 술에 취하는시도 몰랐다.

맥주를 마시며 그려본 스케치북 속 우리만의 집 도면

　다음 날, 나는 지금 살고 지내는 집을 팔고 전세를 얻어 이
사 갈 계획을 했다. 집을 팔고 다시 이사 갈 곳의 전세 보증
금을 제외한 남은 차액과 화재 보험금 그리고 대출까지 더
추가하여 건축상 후보에 오를 집을 짓겠다는 금액적인 계획
을 다시 한번 세워보았다. 그리고서 아파트를 팔아주셨던 부
동산 사장님께 전화를 걸었다.

　"사장님 오랜만입니다. 잘 지내시죠? 저희 봉화 시골집 화
재 소식은 혹시 들으셨나요? 저희가 그곳에 다시 집을 지으
려고 현재 지내고 있는 집을 팔려고 합니다."

부동산 사장님은 화재 소식을 주변 지인을 통해 이미 알고 있었다. 다만 현재 지내는 집까지 팔아서 집을 짓는다는 우리의 판단이 조금 아쉽다고 느끼셨는지, 좀 더 신중히 생각해 보길 권하시면서 일단 매매 접수를 도와주셨다. 지난 아파트도 30분 만에 팔아주셨으니 일반 주택은 시간이 더 필요하더라도 1주일이면 충분하실 거라며 나는 사장님의 능력을 추켜세우며 농담으로 부동산 사장님을 살짝 압박하며 전화를 끊었다.

집은 매물 등록했으니 이제 집 짓는 준비를 계획해야 한다. 유명하고 또 너무나 유명한 건축가의 메일 주소를 찾았다. 지금 우리의 상황을 설명하며 멋진 집을 함께 짓고 싶다는 사연과 함께 건축 비용과 절차에 대해 문의를 간단히 남겼다. 모두 계획한 대로 빠르게 진행하며, 계획형과 실행형의 소유자답게 일사천리로 쭉쭉 나아가고 있었다. 그러던 며칠 뒤 유명한 건축가의 이메일 답장이 드디어 도착했다.

"집에 안타까운 사연이 있는 곳이네요. 진심으로 위로의 말씀을 전하며 먼저 저희 건축 비용에 대해 안내해 드립니다."

이메일 속 건축 비용은 나의 계획을 와르르 무너뜨렸다.

30평 기준 건축 설계 비용만 약 7천만 원. 건축 설계 기간은 약 6개월이며 이후에 집을 짓는 기간도 약 6개월 소요가 되며 건축 평당 비용은 약 1,200~1,500만 원 30평 기준 약 4억 5천만 원 정도였다. 거기에 실내 가구, 가전, 조경, 세금, 정화조 등 모두 별도 금액이었다. 집 지을 수 있는 터가 있고 집 하나만 다시 짓는데 최소한의 비용으로 6억이 기본이었다. 게다가 집을 짓거나 인테리어를 할 때는 항상 초기 금액에서 10% 정도 추가 발생한다고 생각하고 시작하여야 한다. 일을 진행하다 보면 생각지 못한 변수가 발생하기도 하고, 또 돈을 조금 더 들여 시공하면 조금 더 고급스럽거나 그런 욕심이 생기기 때문이다. 그럼 6억에서 10% 금액 6천만 원 더하고 세금까지 더하면 적게 잡아도 7억이 된다.

시골에 다시 짓는 30평 집 하나에 7억이라니, 내가 유명한 건축가를 너무 쉽게 본 건지, 나름 큰 금액을 생각했어도 이 정도 금액은 우리 계획에 없었다. 그 돈도 안 들이고 무슨 올해의 건축상이니, 그 정도 금액을 생각지도 못하면서 어떻게 멋진 집을 꿈꾸었을까? 헛된 욕심을 품은 나의 오만함을 잠시 자책하기도 했다. 그렇게 메일 한 통을 받고서 그동안 즐겁게 꿈꾸고 계획했던 전원주택 꿈이 무너지며 우리의 계획은 다시 원점으로 돌아왔다.

그러나 몸과 마음을 무겁게 짓눌렀던 곰 세 마리는 내 어깨 위에 다시 나타나지 않았다. 꿈꾸던 건축가와의 인연은 안 되었지만, 아내와 함께 즐겁게 맥주 한잔하며 그려놓았던 우리의 집 구조 스케치가 있고 그날의 즐거움과 설렘은 남아 있었다. 올해의 건축상과 유명한 건축가는 이제 잊어버리고 우리가 생각하는 금액에 집을 지어주실 건축가를 다시 찾으면 된다. 설계도 빠르게 진행하고, 하루빨리 집을 지어서 다시 강안채 민박을 오픈할 수 있는 시공사를 만나면 된다. 우리에게는 화재로 집은 사라졌어도 변하지 않는 멋진 풍경은 아직 그곳에 남아 다시 지어질 집을 기다리고 있다.

"행복의 문 하나가 닫히면 또 다른 문이 열린다."

행복의 문 하나가 닫히면 또 다른 문이 열린다. 그러나 우리는 닫힌 문을 너무 오래 바라보고 미련을 가지면서 열려있는 다른 문을 보지 못한다. 헬렌 켈러의 명언 중 하나이다.

화재로 인해 무너진 강안채를 바라보면서 과거에 좋았던 순간들만 기억하고 과거에 머무르며 안타까운 현실에 후회했었다. 그러나 다시 시작하려고 마음먹는 순간, 화재의 원인 미상조차 우리에게는 무의미했다. 그리고 새로운 시작에 너무 즐겁고 설레기 시작했다. 유명해서 만나기 어렵고, 비싸서 진행하기 어려운 곳보다, 우리는 우리 지역에서 유명한 전문가와 함께 우리의 집을 짓겠다고 결정했다. 나는 그렇게 결정하니 한결 마음이 편안해졌다. 닫힌 문을 뒤로하고 다른 열린 문을 발견해도 그것을 열고자 하는 마음이 없으면 그 문은 절대 열리지 않는다. 그 문은 다가가면 그냥 열리는 자동문이 아니라 용기라는 힘과 실천이라는 힘으로 열 수 있는 수동문이다. 우리는 그 문을 두 손 모아 힘껏 밀고 나갈 예정이다.

2.
집을 짓는데 우리 돈은
생각하지 말아요

"마주 보는 것이 아니라, 같은 방향을 바라보는 것"

– 생텍쥐페리

올해의 건축상과 유명한 건축가는 마치 한여름 밤의 꿈처럼, 미련 없이 깨끗하게 잊기로 했다. 나는 계획형 인간으로 무언가를 이루기 위해서 단계별로 여러 계획을 차근차근 준비하면서도 아니라고 판단되면 그 모든 계획을 머릿속에서 한 번에 다 지우고 잊는다. 오르지 못할 나무는 쳐다보지 않는 것처럼 나의 현재 상황에 맞지 않을 때 미련을 가지면 과거에 집착이 생기고 결국 후회가 남기 때문이다. 사랑은 다른 사랑으로 잊을 수 있고, 건축가는 다른 건축가로 잊으면 된다.

유명한 건축가를 미련 없이 잊기 위해 빠르게 다른 분을 찾아 나섰다. 먼저 최근에 전원주택을 짓고 살고 계시는 아내의 시인 한 분이 계셨다. 전화 통화를 하면서 살고 계시는 전원주택의 만족도를 물어보고 집을 지어준 시공사 연락처를 받았다. 그리고 또 한 분의 건축가는 목수로 일하고 있는 고등학교 동창 친구를 만나 집을 잘 짓는다는 얘기에 연락처를 받게 되었다. 예전에 함께 일을 했던 분이고, 최근 전원주택을 많이 짓는다며 소개받았다.

먼저 지인의 소개를 받은 대표님과 간단하게 통화한 후 사무실로 찾아가 첫 미팅을 했다. 목소리와 첫인상이 너무 좋으셨고, 겉으로 보이는 첫 이미지가 깔끔해서 신뢰가 가는 스타일이라고 느껴졌다. 화재로 집을 잃고 다시 새롭게 집을 짓는 나의 상황을 설명하며 우리가 원하는 집의 느낌을 설명해 드렸다. 그리고 남아있던 앞마당 외부 느낌과 어울리는 집의 외장재와 지붕에 관한 이야기를 하던 중 지붕과 외장 소재로 많이 사용되는 징크 지붕 자재에 관한 이야기를 나눴다. 개인적인 생각에 이집 저집 너도나도 많이 사용해서 자재에 특별함이 없고, 흔하게 사용되어 예뻐 보이지 않아, 징크 패널 지붕은 선호하지를 않았다. 나는 다른 집들과 차별화된 특별한 지붕을 하고 싶었다. 그러나 대표님의 대답은 나의 예상 밖이었다.

"너도나도 많이 하는 이유가 있지 않겠어요? 건축을 잘 모르셔서 그런 거 같은데 지붕으로 쓰기에 징크 자재가 참 좋습니다."

징크 자재가 좋고 나쁘고의 문제가 아니었다. 건축주가 원하지 않는 자재에 대해서 "건축에 대해 잘 모르니까 그런 말씀을 하시죠"라는 표현은 좋은 느낌으로 다가오지 않았고 앞으로 집을 짓는 과정에서 소통 문제가 많이 일어날 것 같은 생각이 들었다. 그렇게 괜히 지붕에 관한 이야기만 더 나누다가 첫 미팅을 마쳤고, 두 번째 만남은 없다고 생각하면서 사무실 문을 열고 나왔다.

찜찜한 마음으로 집으로 돌아와 앞으로 건축의 갈 길이 쉽지는 않겠다고 생각했다. 그리고 연락하는 김에 두 번째 소개받은 연락처를 빠르게 누르며 전화했다. 신호가 한참이나 갔는데도 전화 연결이 되지 않았다. 소개받은 연락처는 두 개인데 두 곳 모두 시작부터 안 풀리는구나, 또 다른 건축가를 다시 알아봐야겠다고 생각했다. 그리고 얼마 지나지 않았을 때 두 번째 소개받은 연락처로 다시 전화가 왔다.

"부재중 전화가 들어와서 연락드립니다. 제가 현장 일을 하느라, 걸려온 전화를 바로 못 받았네요. 죄송합니다."

두 번째 연락처의 대표님은 집을 설계만 하는 건축가는 아니고 설계 도면에 따라 현장에서 집을 직접 지어주는 시공사 대표님이었다.

"안녕하세요. 친구 소개로 전화를 드렸습니다. 제가 봉화에 집을 꼭 좀 다시 짓고 싶어서요."

간단하게 통화하면서 대표님은 현장에서 사무실로 복귀하는 길이라며 시간이 된다면 사무실에서 지금 바로 보자며 주소를 알려주셨다. 그렇게 우리는 급하게 첫 미팅을 하게 되었다. 서로의 첫인상은 내 개인적인 생각이지만 썩 좋지는 않았다. 현장 업무를 하고 오신 대표님은 온몸에 먼지 가득한 모습으로 대표님보다는 현장에서 일하시는 직원 같아 보였다. 나의 모습은 공기 좋고 산세 좋은 시골에 전원주택을 짓고 사는 모습보다는 동네 아파트에서 어린애들 키우며 사는 게 더 어울리는 느낌이 들었을 거 같았다. 양쪽 모두 과연 전원주택을 지을까? 하는 서로가 생각하는 이미지 기준의 틀에서 조금씩 테두리 밖으로 나가 있는 첫인상이었다.

그러나 우리는 자리에 앉자마자 집에 관해 이야기를 시작했다. 나는 지금부터 어떻게 집을 짓고 싶은지, 대표님은 지금까지 어떻게 집을 짓고 왔는지, 각자 이야기를 하며 서로를 알아가고 그러는 동안 창밖이 어두워지면서 해가 지고 있었다. 우린 시간 가는 줄 모르게 첫 미팅을 마쳤다. 그렇게 이야기를 나누는 동안 금전적인 이야기 한번 없이 아내와 함께 이야기했던 우리의 집! 아직은 상상뿐이었지만, 내가 이야기를 꺼내는 모든 것들에 대해 사장님은 뭐든 가능하다며, 건축에 불가능은 없다고 귀 기울여 들어주시는 거에 그저 감사했다.

"오늘은 벌써 시간이 늦었네요. 내일 오전에 그 현장에 제가 한번 가볼게요. 늦은 시간까지 이야기를 들어보니 어떤 곳인지 제가 직접 가서 보고 싶네요."

이야기를 한참 듣고 나서 적극적이고 실행이 빠르신 대표님은 성격 급한 나의 성향과 잘 맞았다. 그리고 화재로 사라진 강안채의 그 공간과 남겨진 풍경이 궁금하셨다고 한다. 다음 날 아침 장소를 옮겨 우리는 철거가 되어있는 강안채 집터에서 현장 미팅을 하게 되었다. 대표님은 현장에 나보다 좀 더 일찍 도착하셨고, 막 도착해서 인사를 건네는 나에게 인사를 하시며, 바로 이야기하셨다.

"제가 일부러 좀 일찍 와서 미리 살펴봤어요. 머릿속에 그림이 어떻게 그려질까 생각하면서 근데 여기 그네에 앉아 있으니까 제 마음이 편안하네요. 여길 둘러보면서 그런 생각이 들더라고요."

나는 대표님께 어떤 생각을 하셨는지 물어보았고, 대표님의 말 한마디에 나는 이 사람과 함께 집을 꼭 지어야겠다고 마음속 계약서에 이미 서명했다.

그 한마디는 **"제가 여기 집 한번 제대로 지어보고 싶네요."** 였다.

처음 집을 지으려고 보니, 어떤 마음가짐으로 집을 짓는 것보다 금액이 중요하게 느껴지기도 했고, 내가 생각하는 집을 짓는 것보다 설계사가 그저 지어주는 집이라 느껴지기도 했다. 그렇게 돌고 돌아 이곳에 대한 마음으로 함께 좋은 집을 짓고 싶은 분을 만났다. 풍경만이 남아 있는 이곳에 우리의 집을 짓고 싶어 하는 진심 담긴 마음이 나에게 가장 중요했다는 것을 그때 깨달았다.

"대표님, 저도 한마디 말씀드려도 될까요?"

나는 함께 하겠다는 벅찬 마음으로 대표님께 물었다.

"네 뭐든 해봐요. 건축에 불가능은 없으니까!" 하시면서 웃으시는 대표님께 내 생각을 이야기했다.

"제가 집을 짓는 건 이번이 처음이지만, 아파트 리모델링을 여러 번 하면서 느꼈습니다. 건축주는 돈을 적게 쓰고 싶어 하고 시공사는 돈을 많이 벌고 싶어 하죠. 이 돈을 가지고 서로 팽팽하게 대립하는데, 돈을 잠시 뒤로 빼고 바라보면 공동 목표는 딱 하나 좋은 집을 함께 만드는 거예요. 저는 돈은 일단 모르겠고, 우리 함께 좋은 집을 짓는 걸 가장 최우선으로 했으면 좋겠습니다."

내 얘기에 대표님은 몇 초 동안 잠시 날 쳐다보시다가 씩~ 웃으면서 멋진 대답을 해 주셨다.

"제가 이 일을 오래 하면서 계약한 집 한 채가 완성되면 둘 중 하나는 남아야 하거든요? 돈이 남거나, 사람이 남거나인데, 이번 집은 왠지 사람이 남겠는데요."

『어린 왕자』로 유명한 작가 생텍쥐페리의 책 『인간의 내시』

에 나오는 유명한 한 구절이 있다.

"사랑은 서로 마주 보는 것이 아니라, 함께 같은 방향을 바라보는 것이다."

건축주와 시공사는 서로 사랑은 아니지만 짧은 시간 동행하며 단순히 돈을 생각하는 것을 넘어 공동의 목표! 좋은 집을 짓겠다는 것! 그렇게 같은 방향으로 계속 나아간다면 나는 정말 더할 나위 없을 거라는 생각이 들었다.

강안채 신축 공사 현장 작업 중이신 사장님과 직원분들

3.

처음 집을 지으며,
알게 되는 모든 것

"금전적인 관계에서 인간관계로."

신축으로 처음부터 집을 짓거나, 살던 집을 새롭게 리모델링하거나, 또는 다른 무언가를 시작할 때 우리에게 가장 중요한 부분을 차지하는 것은 뭐니 뭐니 해도 money, 돈이 중요하다. 그러나 집을 짓는 시공 대표님과 나는 두 번의 만남 동안 돈에 대해서 한마디 이야기 없이 집에 대한 서로의 이야기만 공유하고서 함께 집을 짓기로 약속했다.

그리고 며칠 후 세 번째 미팅에서 본격적인 금액에 대한 계약이 시작되었다. 먼저 어떤 종류의 집을 짓느냐였다. 주택의 기본 건축 구조에는 작게는 3가지 또는 크게 5가지도 볼 수 있다. 철근 콘크리트 구조와 목조 구조 그리고 경량 철골 구조가 기본적이며 추가로 한옥 구조와 벽돌 구조가 있다.

각 구조에 대해 간략히 설명하자면,

첫 번째로 사람들이 가장 많이 짓는 건 경량 철골 구조이다. 금액적으로는 경량 철골이 가장 저렴해서 인기가 있다. 단점으로 결로 현상과 층간 소음 그리고 오랫동안 집을 유지하는 내구성이 낮았다. 우리는 집을 짓고 오랜 시간이 흘러도 이곳을 지키는 품격 있는 집이 되길 바라는 마음이어서 경량 철골은 제외했다.

두 번째로 철근 콘크리트 구조의 집은 가장 내구성이 좋고 화재에도 안전했다. 그러나 당시 평당 800만 원 정도의 금액이 부담스럽기도 하고, 단열성이 부족했다. 우리가 생각하는 집은 항상 따뜻하고 온기가 남아있는 집을 원했다. 그런 부분에서 철근 콘크리트도 단점이 확실해서 제외했다.

세 번째로 목조 주택은 콘크리트 구조보다 저렴한 평당 600만 원으로 시공할 수 있었다. 목조 주택은 자연 소재이기 때문에 친환경적이고 여름에 시원하고 겨울에는 따뜻할 수 있으며 단열이 좋다. 그러나 화재로 집을 잃은 우리에게 화재에 취약하다는 중요한 단점이 있었다. 화재의 단점이 마지막까지 고민되기도 했다. 그러나 단점보다 장점을 더 생각하며, 우리는 최종적으로 목조 주택을 결정하게 되었다.

집을 완성하는 데 계약한 금액은 총 2억 초반 정도였고, 적은 돈은 아니지만 앞서 7억에 비하면 겁나지 않은 금액이었다. 이제 겨우 하나의 큰 결정을 마무리했다. 집을 짓는다는 건 수많은 선택과 결정들을 헤쳐나가야만 완성된다. 옛말에 집 한 채 지으면 10년 늙는다는 말이 있다. 그만큼 처음 하는 이 일에서 건축주의 수많은 결정이 쌓이고 쌓여 한 채의 집이 완성되기 때문이다. 또 그런 과정에서 건축사, 관공서, 시공사 등 집 하나 짓는 데 많은 사람 또 많은 일이 얽히고설켜 하나씩 풀어가는 일들도 생기기 마련이다.

목조 주택으로 집을 짓기로 한 뒤 가장 먼저 집을 짓기 위해서는 신축하려는 집의 설계 도면이 필요하다. 우리에게는 아내와 함께 맥주 한잔 마시며 그렸던 도면이 있다. 설계 도면이라 부르기에 부끄럽기도 한 우리 부부만 알아볼 수 있는 그 도면을 받은 후, 건축사무소는 정확한 면적과 크기가 표시된, 모두가 알아볼 수 있는 실제 도면으로 그것을 바꾸는 작업을 시작했다. 설계 도면의 제작부터 관공서 승인까지 진행되며 약 350만 원 정도의 비용이 발생했다. 이전에 유명한 건축사에서 문의했던 비용 7천만 원에 비하면 20배나 저렴한 가격이었다.

완성된 강안채의 실제 도면 모습

그 지역 관공서의 건축과에서 제출한 도면이 승인되면 이제 집을 지어도 된다는 허락을 받는 것이다. 시공사는 그제야 도면에 맞는 자재와 크기에 맞게 정확하게 집을 짓고, 집이 완성된다면 다시 확인 감사가 진행된다.

유명한 건축가가 짓는 집을 포기하면서 내가 선택한 건 합리적인 비용과 함께 최대한 빨리 집을 짓고 강안채를 다시 오픈하는 것이었다. 2023년 7월 첫 공사를 시작으로 나는 2023년 11월 1일 강안채 시즌 2 재오픈을 계획하고 있었다. 2년 전 2021년 11월 1일에 셀프 작업까지 겨우 날짜에 맞게 마무리하면서, 강안채 첫 오픈 날이었기 때문에 정확하게 2년 뒤 11월 1일 같은 날짜에 맞춰 두 번째 오픈을 계획했다. 나에게는 의미 있는 오픈 날짜였다.

그러나 나의 계획은 또다시 빗나갔다. 7월 첫 공사부터 장마가 겹치더니 기초 공사가 며칠씩 계속 지연되었다. 공사 일정에 대해 걱정이 되었지만, 혹시 집의 완성도가 떨어질까 봐 조심스러웠다. 나의 조급함이 가득한 재촉으로 인해 시공 대표님이 시간에 쫓겨 일의 원칙이 깨져서는 안 되었다. 집의 외부 공사가 어느 정도 끝이 나면 내부 바닥재, 각종 타일, 욕실 도기들 등 건축주의 결정 장애를 불러일으키기는 선택들이 줄을 서기 시작한다. 그런 선택에 있어서 시공사 대표님은 항상 나에게 이렇게 말씀해 주셨다.

"저는 자재 가격에 대해서는 자세히 잘 모릅니다. 제가 자세히 알 필요성이 별로 없기 때문이에요. 건축주 마음에 드시는 자재들로 전부 결정하시면 됩니다. 조금 더 비싸다고, 계약 외의 돈을 더 받거나, 더 쓴 자재를 일부러 추천하거나

하지 않습니다. 건축주가 원하시는 것으로 다 하시면 되고 선택한 자재가 비싸면 제가 덜 벌면 되죠."

집을 짓거나 리모델링을 해 본 경험이 있다면 아마 이런 경우가 한 번쯤은 있을 것이다.

"금액에 포함된 자재는 A, B까지입니다. 그리고 C를 선택하시면 추가금이 발생합니다."라거나 또는 이런 이야기도 있을 것이다.

"C는 선택이 안 됩니다. 시공이 어렵기도 하고 지금 짓는 집이랑 전혀 어울리지도 않고, 요즘 이런 거 시공 잘 안 합니다."

대표님은 금액을 떠나서 우리에게 폭넓은 선택을 할 수 있게 해 주시면서 우리에게 작은 선택 장애를 추가로 보태 주셨다. 그래도 덕분에 마음에 드는 타일과 욕실의 세면대, 변기까지 마음껏 선택하기도 하고, 직접 고른 자재들로 시공해서 지금까지도 자재에 대해 만족감이 크다. 그리고 마지막으로 집의 내부 인테리어 주인공 역할은 바로 조명이다. 위치에 어울리는 조명의 종류도 중요하지만, 집의 공간마다 어울리는 조명의 조도(조명의 색온도) 또한 중요하다. 우리는 항

상 공간이 주는 따스함을 좋아하여 3000k~3500k 전구색
(노란색)을 사용한다.

전구색을 선호하여 직접 준비한 조명과 펜던트

각 방의 인테리어 용도로 더 많이 사용하는 펜던트 조명과
주방에 포인트로 달게 된 조명은 우리들의 취향이 전적으로
들어가기에 대표님께 이야기하고 직접 구매하여 달게 되었
다. 그런 각종 비용이 나에게 발생하였다고 하여 나 또한 비
용에 대해 한 번도 언급하지 않았다. 그런 비용보다 함께 좋
은 집을 짓는, 대표님괴의 인간직인 약속과 관계가 중요했기

때문이다.

  내부 인테리어가 끝나갈 무렵에 맞춰 그동안 미리 구매해
놓은 침대와 가구 등 모든 집기가 올 수 있게 준비했지만 결
국 나의 계획처럼 11월 1일에 두 번째 오픈은 성공하지 못하
였다. 우리는 작은 소품까지 조금 더 가다듬고 놓치는 부분
은 없는지 재차 확인 후, 2023년 12월 1일에 강안채 시즌 2
로 다시 오픈을 성공하게 되었다.

  7월부터 12월 1일 오픈 때까지 약 5개월이라는 긴 시간 동
안 수많은 결정과 번복을 반복하고 처음 지어본 나의 주택
이었다. 100% 완벽하지는 않지만, 이 정도는 충분히 만족할
만한 수준이었다. 그리고 아내와 함께 스케치북에 그려놓았
던 우리의 집! 우리의 꿈을 현실로 만들어주셨다. 모든 절차
가 끝이 나고, 마지막으로 입주 허가를 받게 되면 나머지 잔
금을 지급하며 시공사와 건축주의 관계는 모두 끝이 난다.
물론 간혹 사소한 A/S 일들이 있겠지만 하루에 몇 통씩 전화
또는 문자를 하고 선택과 결정의 연속적인 일은 더는 없다.
마지막으로 대표님은 후련한 듯이 나에게 한마디 말을 건네
주셨다.

"아직 젊은 나이에 멋진 집 건축주가 되시고 진심으로 축하합니다. 오늘부터 우리 관계는 이제 금전적인 관계가 모두 끝이 나고, 인간적인 관계로 시작입니다."

그러나 나는 미소를 지으며 대표님께 대답했다.

"대표님 그동안 집 지으신다고 정말 고생하셨고, 오늘부터 우리는 인간적인 관계지만 언젠가 또다시 금전적인 관계가 올 거 같아요. 앞으로 또 언제가 될지 모르지만, 다음에도 대표님과 또 집을 짓고 싶거든요."

우리는 그렇게 기분 좋은 인사를 나누며 5개월의 동행을 마무리했다. 강안채 시즌 2를 오픈하고 나서 우리의 새로운 집을 잘 지어주신 것에 대한 감사로 시공 사장님, 팀장님과 함께 꼭 한번 저녁 식사를 하고 싶었다. 바쁘신 일정으로 몇 번의 날짜를 조율하며 감사의 식사 자리를 한번 가졌고 그 이후 우리는 아무런 만남이 없었다. 그렇게 1년 넘은 시간이 흘렀다.

최근 들려온 소식으로는 시공사 대표님은 원래 인근 지역에 시골 전원주택을 주로 시공하셨는데, 우리 강안채 시공

이후로 전국에 펜션과 같은 독채 숙소 느낌으로 집을 많이 지으신다고 한다.

전국을 다니며 집을 짓고 일하신다고 바쁘시겠지만, 인간적인 관계로 우리 식사 한번 하시죠~ 대표님?

그리고 저희에게 좋은 집을 지어주신 것에 다시 한번 감사합니다!

4.

실수투성이지만,
즐거움이 있는 별채 공간

"무언가를 잘하는 것보다 즐기는 것."

5개월이라는 집을 짓는 기간 동안 나는 또 다른 공간을 계획하고 있었다. 강안채 집의 구조는 다른 집들과는 다르게 독특한 구조로 되어있다. 넓은 마당 아랫부분 중 한쪽은 차량을 주차할 수 있는 공간이고 다른 한쪽은 꽤 넓은 창고로 되어있다. 예전 첫 번째 강안채를 운영하고 있을 때 잡다한 공구들 보관 창고 용도로 사용하기도 했다. 그리고 야외 화로에서 사용하는 나무 장작을 직접 도끼로 패며, 쪼개진 장작을 쌓아두는 공간으로 쓰기도 했던 조금 어설픈 공간이 있었다.

집에 불이 나기 전에는 '이 공간을 실내 수영장으로 꾸밀까? 숙박공간을 하나 더 만들어 볼까?' 이런저런 고민하기도 했었다. 그러나 집을 다시 지을 때는 생각을 달리했다. 창고 같은 이곳을 그런 공간으로 사용하기보다 강안채 숙박하시는 모든 방문객이 이곳에 와서 좀 더 많이 즐길 수 있는 공간으로 만드는 게 좋겠다는 생각이 들었다. 가족들, 친구들이 모여 운동도 하고 술도 마시며 노래도 부를 수 있는 그런 레저공간으로 계획했다. 그렇게 공사를 하던 중에 강안채 본채가 불이 나면서 나의 모든 계획이 갑작스레 중단되었다. 나는 그렇게 잠시 중단되었던 창고 부분을 새집이 지어지는 동안에 다시 직접 완성시키겠다는 나만의 계획을 다시 세웠다.

처음 리모델링 작업한 강안채의 마당을 직접 작업하면서 스스로 자신감을 조금 얻기도 했지만, 강안채 시즌 2에서 한 공간이라도 직접 만들며 다시 시작하는 이곳에 스스로 작은 역할이라도 하고 싶은 마음이었다. 예전 강안채 오픈할 때처럼, 회사 휴무 날이나 퇴근 후 시간이 날 때마다 이곳을 찾아와 나의 두 번째 셀프 작업을 그렇게 시작하게 되었다.

처음 시작한 것은 내부 벽면 도색이다. 일반 페인트칠이 아닌 시멘트를 바르는 듯한 작업 방법으로 도색을 하는 스투코 방법이라는 게 있는데, 완성되면 빈티지 느낌이 든다. 밝은 회색과 어두운 회색 두 가지를 혼합하여 벽면을 비벼가며 두 가지 색상으로 패턴을 내어가며 벽면을 완성하는 작업이다. 유튜브에 작업 방법을 여러 번 보며 따라 했는데 생각보다 어렵지 않게 가능한 작업이었다. 2번씩 바르거나, 작업 후 코팅제를 발라 완성하는 방법도 있었지만, 나는 그렇게 작업하지 않고 벽면을 한 번만 바르고 나서 작업을 끝냈다. 두 번 바르는 작업이 면적이 넓어 혼자 작업하기에는 많은 시간이 소요되기도 했고, 한번 바르고 완성된 벽면을 눈으로 보니, 꽤 만족스러웠다.

두 번째 작업은 벽면 유리 블록 시공이다. 너덜너덜 곧 떨어질 듯한 창고 뒷문을 떼어내고 난 후, 그곳에 빛은 들어오면서도 내부가 보이지 않는 느낌을 주는 자재를 설치하길 원했다. 이에 고민하다 선택한 것이 바로 유리 블록이었다. 이 또한 유튜브 셀프 시공 영상을 여러 번 보면서 따라 했다. 하지만 제일 아래 첫 줄 시작부터 실수로 가장 윗부분 공간이 예상보다 부족하게 되어 마지막 유리 블록이 공간 부족으로 들어가지 않았다. 지금까지 쌓은 걸 모두 무너뜨리고 다시 작업해야 할까? 고민하다가 마지막 부분의 부피를 조금 차지하는 고정핀을 제외하고 우레탄폼으로 쏘아 블록을 고정하며 마무리했다. 다행히 실수를 무마하며 성공한 셀프 작업이나.

강안채 별채 벽면 셀프 스투코 작업과 실수로 다시 할뻔했던 유리 블록 셀프 작업을 마친 모습이다.

세 번째 작업은 실내 화단을 꾸미는 작업이다. 공간 구성을 하는 도중 한쪽 공간에 무엇을 하면 좋을까 하다가 구석진 벽면 틈새에서 비가 오는 날에는 조금씩 물이 새어 들어오기도 해서 어떻게 이 공간을 문제없이 이용할 수 있을까? 고민을 많이 했다.

그러다 이 공간을 화단으로 만들어서 방문한 손님들이 인증 사진도 찍을 수도 있고 비가 와서 물이 새더라도 내부에

흙이 물을 흡수하여 문제가 없도록 한번 구상해 보았다. 먼저 이 공간에 어울리는 벽돌을 주문하여 벽돌을 쌓아가며 화단 틀을 만들었다. 그리고 화단 틀 내부 공간에 고운 흙을 채웠다. 꽃은 계속 관리해야 하는 생화보다는 계절 변화에 문제없이 겨울에도 얼어 죽지 않는 조화 식물을 주문하고, 마무리로 작은 자갈 알갱이로 덮어줄 준비를 했다. 화단에 식물의 배치를 구상하는 건 꽃집 운영을 했었던 사촌 동생이 맡았다. 그리고 화단 앞에 하얀 벤치 의자를 두며 세 번째 실내 화단 셀프 작업을 완성했다. 가끔은 비가 너무 많이 내리면 빗물이 화단 밖으로 조금씩 흘러나오는 문제가 있기도 하다.

네 번째 셀프 작업은 벽돌 싱크대 만들기다. 화단과 같은 벽돌을 다시 추가 주문했다. 화단 옆으로 기둥과 기둥 사이 간단히 손을 씻기도 하고 과일을 씻어 먹을 수도 있는 싱크대를 겸한 bar 형태의 테이블을 만들기로 생각했다.

제일 먼저 싱크대가 들어갈 위치와 하부 장과 와인 냉장고가 들어갈 위치 모두 사이즈를 구분해 놓고 벽돌 한 줄을 놓았다. 그렇게 맞춰놓은 공간으로 시멘트를 개어 벽돌을 한 장 한 장 쌓아 올린다. 시멘트를 발라서 벽돌을 쌓아 올리다 보니 점점 높이가 틀어지고, 수평을 맞춰 쌓기 이려웠다.

3줄 이상 쌓아 올리기는 쉽지 않았고 그 이후부터 시멘트가 아닌 실리콘을 사용하여 벽돌을 벽돌과 붙여 나가기 시작했다. 어느 정도 높이에 맞게 쌓은 후 블랙색상의 싱크대 상판을 주문해서 위를 덮고 싱크대 수전과 싱크대 하부 장까지 모두 블랙으로 주문하여 설치까지 마무리 작업을 완성했다. 싱크대 상판을 놓으면서 수평이 맞지 않아 꽤 고생했지만, 어쨌든 다소 어려운 과정을 거쳐 싱크대가 완성되었다.

벽돌 싱크대까지 셀프 작업이 끝나고 먼지로 가득했던 바닥 청소까지 마무리되고 나서 리모델링이 끝난 아파트처럼 가전과 가구가 곳곳에 설치되듯이 노래방 기계며, 소파, 테이블까지 모두 도착해 자리를 잡았다. 그리고 남는 공간에 남녀노소 즐길 수 있는 스포츠가 무엇일지 고민해 보았고, 포켓볼과 탁구 2가지가 떠올랐다. 포켓볼보다는 탁구가 대중적으로 더 낫고, 살짝 땀이 흐르듯이 운동도 되면서 어른과 아이들이 함께 즐기기에는 더 적합했다.

그러나 탁구대는 대부분 파란색만 머릿속에 떠올라 다시 걱정이 생겼다. 이 공간에 콘셉트로 잡은 색상은 블랙이다. 소파, 싱크대 상판, 노래방 텔레비전까지 모두 검정인데 탁구대가 검은색으로 가능할까? '나처럼 꼭 파란색이 아닌 다

벽돌로 만든 화단과 자신감 상승으로 싱크대까지 셀프 작업을 완성했고, 블랙 디자인 탁구대와 노래방으로 완성된 별채 공간!

른 색상의 탁구대를 찾는 사람이 분명 있으며, 그런 생각으로 만들어진 다양한 탁구대가 있겠지.' 생각하며 검은 색상의 디자인 탁구대를 어렵게 찾았다. 그러나 문제는 비싼 가격이었다. 검정 색상으로 판매되는 탁구대의 가격은 일반 탁구대의 5배 금액이었다. 금액도 중요하지만, 파란색은 절대 이 공간에 있어서 안 될 만큼 마음에 들지 않았고 결국 비싼 금액을 받아들이며 블랙 디자인 탁구대를 주문했다.

몇 개월 동안 이 공간을 처음 해 보는 여러 작업으로 꾸미다 보니, 하나하나 작업할 때마다 실수가 없는 곳이 없었고 계획처럼 완벽하게 완성된 공간은 단 하나도 없었다. 그래도 하나씩 직접 작업하면서 이런 공간을 만들어 냈다는 작은 성취감에 너무나 행복했다. 시간에 쫓겨 수면 시간을 줄여가며 일하면서 몸은 피곤해도 마음만은 즐거웠다. 실수할 때마다 스트레스도 생겼지만, 성공할 때마다 스트레스는 사라지고 도파민이 가득했다.

이곳은 전문가의 잘함이 있기보다는 초보자의 즐거움이 남아있는 곳이다. 이곳에 방문하시는 손님분들도 노래며, 탁구며 서로 누구보다 더 잘함보다는 그저 함께 웃고 즐기는 즐거움이 가득한 공간으로 이용되길 바라는 마음이다. 나는 무언가를 잘하는 것보다는 그저 온전히 즐기는 것이 더 좋다. 그리고 즐거움만이 가득한 이곳은 강안채 숙소의 특별함을 가지고 있는 별도 레저공간이다.

나는 이곳을 강안채 별채라고 이름 지었다!

강안채 별채 입구에 콘셉트에 맞는 블랙으로!

5.

단 한 팀만 방문해도
나는 행복할 거 같아!

"진리는 의도하지 않는 것." – 칼융

우리 부부는 결정 장애도 조금 있었고, 의견 충돌도 조금 있기도 했지만 수많은 선택을 함께 결정해 나가며 다시 집을 지어나갔고, 완성된 집은 기대 이상으로 잘 지어졌다. 하지만 처음 예상한 오픈 날짜! 11월 1일!

역시나 나의 계획은 빗나갔다. 부족한 부분을 수정하고 채워가며, 한 달 뒤 12월 1일, 하얀 첫눈이 내리며 겨울이 온 것을 알리듯이 다시 시작하는 강안채 시즌2를 알리며 오픈하게 되었다.

물론 첫 강안채 오픈 때처럼 다시 집을 짓는 공사 중에도 미리 사전 예약이 진행되었다. 12월 주말들을 시작으로 크리스마스와 연말 시즌 그리고 새해 첫날까지 새로 짓는 강안채를 기대해 주시고, 기다려주시는 고객분들이 줄을 이으며,

감사한 예약들이 성사되었다. 11월에 오시려고 준비하시는 분들은 죄송스럽게도 오픈이 안 되면서 그분들의 방문 계획도 아쉽게 빗나가고 말았다.

눈이 오는 날에 강안채 테라스에서 오픈 준비를 마치며!

예전에 첫 강안채를 오픈할 때는 예약이 되고, 입금 문자가 왔을 때 통장에 쌓여가는 금액을 바라보는 것이 강안채를 운영하는 가장 큰 행복이었다. 그러나 두 번째 강안채를 오픈할 때는 입금이 완료되어 손님의 방문 예약이 확정되었을 때의 행복함보다 손님이 방문 후 만족하셔야 한나는 책임감이 예전보다 더 커졌고 우리 숙소를 방문하시고, 퇴실하실 때 강안채 숙박에 만족하는 손님의 문자 회신에 정말 큰 감동과 행복을 느끼게 되었다.

화재로 사라진 예전 강안채를 방문하시고 새로 지은 강안채 시즌2까지 다시 오시는 손님들은 어떤 마음일까? '예전 집이 더 좋았을까?' '다시 지은 집이 더 만족스러울까?' '아니면 집은 전/후 뭐가 되었든, 이곳에 풍경이 좋아서 모두 만족스러우실까?' 그런 궁금함에 퇴실하시는 손님께 여쭤보기도 했고, 그 대답이 너무 설레기도 했다.

이런 마음은 아마 크게 흥행하지는 않아도 나름 재밌었던 영화의 후속편에 대한 감독과 배우들의 마음이지 않을까 싶다. 그리고 손님들의 반응 또한 다양했다. 예전 집이 더 분위기 있고, 아늑한 게 너무 좋았는데 화재로 사라진 게 아쉽네요, 하시는 분들도 계시고 역시 새집이라 너무 깨끗하고 훨씬 좋아요, 동선도 전에 비해 편하고, 인테리어까지 너무 예뻐요, 하시며 지금의 집을 좋아하시는 분들도 계셨다. 의견은 다양하여도 우리는 그렇게 한 팀 한 팀 이곳을 또 찾아주시는 것만으로 너무나 행복했다.

강안채 별채 공간에 마련한 방명록에 작성된 후기

그러던 어느 날, 저녁 아내와 함께 강안채 재시작을 기념하며 집에서 소소하게 안주를 준비하고 우리 부부가 좋아하는 시원한 맥주 한 잔을 마셨다. 계획처럼 모든 게 완벽하지는 않지만 그래도 용기 있게 지금까지 잘 해냈다며, 맥주잔에 하얀 거품과 함께 차오르는 맥주처럼 우리의 뿌듯한 마음도 함께 벅차올랐다. 시원하게 마시는 맥주 한 잔으로 화재부터 다시 지은 집이 완성되기까지 그동안 고생했던 일들이 주마등처럼 스쳐 지나가며 지난 하루하루가 소중한 추억이 됐다. 순식간에 비워지는 나의 맥주잔을 채워주며 아내는 나에게 말했다.

"예전에 강안채를 우리가 운영하면서 그때는 우리의 세컨 하우스로 시작하려다가 다시 수리 비용이며 이것저것 여유가 없는 상황에서 투자를 많이 해서 그런지 매일 손님 예약 현황에 대해 신경을 참 많이 썼던 거 같아, 손님이 없으면 어쩌나, 걱정도 많이 했고,"

나는 받은 맥주를 또 한 모금 벌컥 마시며, 대답했다.

"아무래도 급하게 선택한 일에서 예상하지 못한 비용이 들었고 오픈하면서 빨리 돈도 벌어야 한다는 압박감이 있었지, 돈을 벌어야 대출도 갚고, 숙소 관리 유지까지 해야 하고 뭐, 수익에 대해 생각을 안 할 수 없었지! 손님 없으면 조금 예민하기도 했었어."

아내는 머리의 생각을 바로 뱉어내듯이 다시 말했다.

"근데 이번에 집을 새로 짓고 비용이 더 많이 들었는데, 나는 전보다 손님 예약에 대한 압박감이 전혀 없는 거 같아! 그냥 단 한 팀이라도, 이곳이 좋아서 찾아오신다면, 다른 곳보다 우리의 강안채가 마음에 들어 찾아주시면 그것만으로도 정말 행복하고 충분히 만족할 거 같아."

아내의 그 말은 진심이었다. 그리고 아내의 생각은 내 생각과 조금도 다르지 않았다. 화재로 인해 더는 운영이 안 된다고 이제 강안채는 없다며, 공지하던 날 강안채를 지켜보던 많은 사람의 응원을 받으며 난 생각했다. 우리가 할 수만 있다면 강안채를 꼭 다시 오픈하고, 손님이 다시 방문하실 수 있게 더 멋지게 준비하겠다고 다짐했었다. 중요한 돈보다 더 중요한 가치를 생각했다.

어느 날 내가 좋아하는 개그맨은 아니었지만 정말 좋아하는 작가로 변신하신 고명환 작가님의 책『고전이 답했다. 마땅히 가져야 할 부에 대하여』내용 중 칼 융의 유명한 말 "**진리에 이르는 길은 의도를 갖지 않는 사람에게만 열려있다**"라는 부분을 읽으며 많은 생각을 했다. 이 부분에 대한 고명환 작가님은 의도를 갖지 않는 것은 몰입이라고 해석하셨다. 의도를 잊고 의도를 숨긴다는 건 몰입하는 거라고 즐겁게 몰입하면 의도는 사라져 버린다고 말씀하셨는데, 그렇게 해석하는 것도 정말 좋았지만, 나는 이 부분을 읽으면서 조금 다르게 해석했다.

'진리는 의도하지 않는 것'

그것은 방향의 문제라고 생각했다. 내 방향으로 의도하지 않고, 상대를 바라보며 타인을 향해 의도를 갖는 게 진리인 것이다. 강안채를 운영하며 내가 돈을 벌겠다는 의도가 아닌 이곳을 방문한 손님이 정말 행복했으면 좋겠다는 생각의 의도가 진리인 것이다. 만약 국밥집을 운영한다면 손님 한 분 한 분마다 국밥 한 그릇의 매출이 진리가 아니다. 맛있는 국밥 한 그릇으로, 한 분 한 분 모두 든든하고 행복하시길 바라는 마음으로, 내가 아닌 타인으로 향하는 의도가 먼저이다. 강안채 숙소를 운영하며 나에게 의도하지 않고 손님에게 향하는 마음으로 우리는 무엇을 할 수 있을까? 많이 고민한 끝에 3가지를 정했고, 지금까지 운영하면서 실행하고 있는 일이다.

'이곳에 오시는 분들이 더 만족하고 더 행복하게….'

3가지 중 첫 번째는 우리 강안채뿐 아니라, 이곳 봉화로 여행 오신 모든 분의 시간이 행복한 추억의 시간이 되실 수 있게 노력하고 있다. 그렇게 봉화 주변 맛집과 카페를 직접 다니며 밥도 먹고, 커피도 마시면서 맛과 분위기 가격대까지 파악했다. 또 가족들과 함께 가기 좋은 곳, 연인들 또는 친구들과 함께 가기 좋은 곳, 나이에 맞게 방문하시기 좋은 곳 등 봉화의 관광지까지 자료를 수집하며 강안채 방문하시는 분들이 궁금해하실 때 하나씩 안내해 드리며, 손님들의 봉화 여행이 우리 숙소에서 시작되었든, 우리 숙소에서 끝이 되었든 '이번 봉화 여행은 숙소만 나쁘지 않았어!'보다는 '경북 봉화라는 동네가 어느 곳 하나도 부족함이 없었던 여행이었어' 라고 만족하는 여행이 되길 바라는 마음이다.

두 번째는 다시 방문하시는 분들에게는 이야기하지 않으셔도 금액 할인이나 우리 동네의 맛있는 간식과 와인을 입실하실 때 선물로 준비해 드리고 있다. 숙소는 식당과는 달리 재방문이 많지 않다. 어느 지역이나 좋은 숙소들이 너무 많고 하루의 숙소 금액 또한 비싸다. 한번 가본 곳을 좋았다고 또 방문하기보다는 다른 새로운 곳을 방문하여 다른 느낌을 경험하는 경우가 더 많다. 나도 지금까지 다른 지역을 여행할 때 유명한 식당 재방문과는 다르게 유명한 숙소를 두 번 이상 가본 적은 없었다. 그러나 많은 분이 강안채를 재방문해 주시고 많게는 계절별로 1년에 4번 오시거나, 매년 한두 번씩 정기적으로 찾아오시는 분들이 계신다. 너무나 감사한 일이며, 다음에 또 오실 때 무엇을 더 해 드려야 되나 싶은 마음으로 행복한 고민을 할 때가 많다.

마지막으로 세 번째는 강안채를 운영하면서 나는 사회에 무엇을 나눌 수 있을까 고민하면서 만든 강안채 무료 숙박 이벤트이다. 1년에 4번 진행하는 이벤트인데 강안채를 처음 시작하면서부터 운영하는 블로그를 통해서 진행하고 있다. 1년에 4번으로 정한 날의 기준은 온 가족들이 모이고 행복한 날에 행복한 선물이 될 수 있도록 정했다. 매년 설날(구정), 추석(당일), 어린이날, 크리스마스까지 4번의 행복한 날에 무료 숙박 당첨 발표가 되는 이벤트다.

(숙박 이용은 당첨 이후에 별도 원하시는 일정으로 가능하다.)

이렇게 4번을 진행하며 다양한 사연으로 꼭 여행이 필요한 분들을 선정하여 강안채의 하루를 나누고 있다. 블로그의 인지도나 방문자 수가 중요할 수도 있겠지만 그건 홍보를 위해 나를 향한 의도이기 때문에 배제하며, 무엇보다 강안채 숙박이 필요한 사연이 가장 중요하다. 블로그를 개설하고 아무 글도 없고 아무 방문자가 없는 분도 이벤트 선정이 되어 오시기도 했다.

가을담은공방님은 이벤트 당첨으로 이곳을 방문하셨다가 우리 강안채를 너무 좋아하셨다. 이후에 가족들과 또 한 번 방문하시기도 하고 화재로 집을 잃었을 때는 이곳을 잃은 우리 마음을 함께 슬퍼하시며 직접 재배하며 키우신 블루베리까지 선물로 보내주시기도 했다. 이렇게 마음을 나누면 또다시 마음을 나눠 받기도 하고 그렇게 좋은 인연이 되기도 한다. 이 글을 보시고, 강안채의 블로그를 찾아가서 진행하는 이벤트에 신청하시면 여러분도 가족 또는 연인과 함께 맞이하는 행복한 날에 특별한 선물로 강안채 무료 숙박권을 받을 수도 있다.

누군가는 이런 모든 것들을 결국 손님을 더 많이 받고, 돈을 벌기 위한 수단으로만 바라볼 수 있다. 물론 방문하시는 분들의 큰 만족은 주변으로 알려져 더 많은 고객의 방문으로 이어질 수 있다. 그러나 우리는 그것만을 최우선으로 생각하지 않으며, 내가 아닌 고객을 위한 방향으로 앞서 3가지를 적용하며 운영하고 있다.

만약 나에게 이 모든 것을 행하는데, 타인에 대한 의도가 아닌 나를 향한 의도가 단 하나라도 있다면, 그게 무엇이냐고 묻는다면 나는 딱 한 가지만 이야기하고 싶다. 우리의 부모님이 항상 그랬던 것처럼 딱 하나! 내 자식들이 우리 부부가 쌓은 덕으로 조금 더 잘 살길 바라는 마음이다. 우리 아이들이 살아가는 데 처음이라 실수하고 부족한 부분이 있다면 어딘가에서 누군가는 실수라고 알아봐 주시고 좋은 사람들이 아이들 곁에서 바른길로 갈 수 있게 도와주시길 바라본다. 우리 부모님의 쌓은 덕처럼 우리 부부가 쌓는 덕이 너무나 사랑스러운 우리 아이들에게 항상 닿아 있기를 바라는 마음뿐이다.

강안채 아래 길가에서 아이들과 함께 산책하던 중

"진리는 나를 향해 의도하지 않으며
상대를 향해 의도하는 것이라 믿는다."

6.

또다시 도전하며
나아가는 행복한 삶

"그대들은 어떻게 살 것인가?"   – 미야자키 하야오

강안채 시즌2를 다시 시작하고서 갑작스러운 화재로 인해 봉화 여행과 강안채를 방문하지 못하고 예약을 취소 받으셨던 분들에게 우리는 조금 할인된 금액으로 언제라도 다시 오실 수 있도록 한 분 한 분 연락을 드렸다. 집을 다시 지었다는 반가운 소식을 듣고, 바로 예약하며 찾아주시기도 하고, 또는 당장 방문이 어려워 응원의 연락을 주시기도 했다. 그렇게 다시 시작하면서 연말부터 연초까지 예상보다 더 많은 고객이 찾아주시면서 다시 한동안 바쁜 강안채가 이어졌다. 그러나 나에게는 큰 숙제가 하나 있었다.

많은 사람이 강안채를 찾아주셨지만 내가 꼭 모시고 와야 할 한 사람이 있다. 그분은 바로 90세가 넘은 나의 외할머니다. 지금은 불이 나서 전소가 되어버린 예전 강안채를 처음

오픈했을 때 외할머니는 축하와 함께 얼마나 좋은지 내가 꼭 한번 가 봐야 하는데, 하시면서 나에게 여러 번 말씀하셨다. 그러나 그럴 때마다 나는 손님 받는 거에 바빴는지 할머니를 한 번도 모시고 오지 못한 채 그때의 강안채는 영영 사라졌고, 나에게는 죄송함과 함께 큰 후회가 남았다.

그래서 다시 시작하는 두 번째 강안채는 찾아주시는 손님도 물론 중요하지만, 그보다 외할머니를 꼭 모시고 와야 했다. 가족들과 함께 일정이 맞는 날짜를 정하고 나의 아이들과 나의 부모님 그리고 내 부모님의 부모님이신 외할머니까지 우리는 그렇게 4대가 한자리에 모이게 되었다.

외할머니는 처음 오는 이곳을 구석구석 빠짐없이 구경하고 손으로 하나씩 한참을 쓰다듬고 만져보면서 "아이고, 니가 정말 고생 많았다."라는 말만 반복하셨다. 그렇게 집안 곳곳을 구경하시고 겨울이라 더 추워지기 전에 야외로 나가 벽돌 화로에 장작을 넣어 불을 피워놓고 가족들과 옹기종기 모여 불멍을 시작했다.

처음 불멍을 하시는 할머니와 함께 4대를 잇는 가족들이 다 함께 모여 앉아 이야기를 나누었다.

야외 화로에 따뜻하게 불을 피워놓고 피어오르는 불을 가족 모두가 바라볼 때 할머니는 입을 삐죽하며 나에게 한마디 하셨다.

"아니, 시골에 쓰레기 태우면서 이런 거는 실~컷 보는데, 이게 뭐가 좋다고 다들 이걸 멍하니 쳐다보고 앉아 있노?"

나는 웃으며 "할머니 요즘은 이렇게 피어오르는 불을 멍하게 바라보면서 가만히 즐기는 걸 불멍이라고 해요."라고 말씀드렸다.

할머니는 내 이야기를 듣고도 요즘 사람들은 이해가 안 간다며, 다시 말씀하셨다.

"왜? 뭐가 재밌다고? 불이 날까 봐 겁만 나지. 아 그래 그러고 보니, 니는 집에 불이 제대로 아주 잘 났다. 불이 났으니까, 니가 다시 이렇게 더 좋은 집도 짓고 내가 봤을 때 아주 잘 됐어!"

우리 가족은 할머니의 말 한마디에 크게 웃다가도, 몇몇은 눈가에 눈물이 맺히기도 했다. 그렇게 할머니를 처음 모시고 와서 함께 맛있는 음식을 먹기도 하고 할머니가 좋아하는 고스톱과 윷놀이까지 즐겼다. 온종일 즐겁다고 웃으시는 나의 할머니를 나는 그날 태어나 처음 본 것 같았다. 아이처럼 행복한 할머니의 모습을 바라보는 내내 할머니만큼이나, 나에게도 큰 행복이 전해졌다.

우리는 때때로 가장 소중한 사람이 나를 잘 이해해 주고,

뭐든 받아줄 거라는 안일한 생각으로 우선순위에서 조금씩 뒤쪽으로 미루는 경향이 있다. 너무 가깝다고 소중함을 모르고, 익숙함에 소중함을 잊기도 한다. 소중한 것이 항상 영원할 것으로 생각해서는 안 된다. 그게 사람이든, 사랑이든 사라진 강안채가 되든 말이다.

그렇게 할머니가 다녀가시고 며칠 후 손님이 많아 한창 바쁘던 어느 날이다. 12시간의 야간 근무를 마치고 3시간의 쪽잠을 자고 일어나 다시 강안채에 와서 퇴실 청소를 했다. 부족한 수면 시간에 여전히 몸은 피곤하고, 정신은 살짝 멍하지만 내 마음만은 항상 행복하고 즐거웠다. 그러다 행복한 하루를 보내고 퇴실하신다는 손님의 문자 하나에 비타민과 피로해소제를 먹은 것처럼 피곤한 몸과 멍했던 정신까지 말짱하게 정상으로 돌아온다.

'무엇이 나를 이렇게 행복하게 하는 걸까?' 곰곰이 생각해 보니, 우리의 강안채가 누군가에게 사랑받고, 추억이 된다는 것에 깊은 감동과 뿌듯함이 나를 행복하게 했다. 나에게 강안채와 직장의 차이는 무엇일까? 직장에서 일할 때 나에게 이런 행복한 감정이 있었나? 옛날부터 차츰 기억을 더듬어 보니, 처음 회사를 입사했던 날의 행복함이 있었다. 그리고 이후에는 월급과 성과금 등 통장에 돈이 들어오는 날! 그날 하루 정도는 또 행복했다. 15년이라는 근속 시간이 흘러 지금은 그런 월급날마저 당연시되고, 회사에서 나의 만족과 즐거움보다 그저 돈을 벌기 위한 수단으로 하루하루 버티고 있었다.

월급이 아니라면? 무엇을 하든 가족들의 생활비를 벌 수 있다면? 직장을 계속 다녀야 하는 이유가 있을까? 직장을 다니지 않는다면 난 무엇을 해야 할까? 내가 좋아하는 건 무엇일까? 내가 하고 싶은 일은 무엇일까? 스스로 물음에 물음을 따라가다 보니 어릴 적 나의 꿈이 생각났다.

맞벌이하시던 부모님 밑에서 항상 집 열쇠를 목걸이에 걸고 학교에 다녔다. 홀로 집에 돌아오면 식탁 위에 차려놓은 식은 밥과 반찬이 있었고, 홀로 먹기보다 학교 친구들을 데리고 와서 함께 먹고는 했다. 친구들 앞에서 나는 반찬과 밥을 넣고 달걀부침까지 만들어 넣고서 비빔밥을 만들어주기도 하고 김치를 썰어 김치볶음밥, 채소를 볶아 넣은 오므라이스까지 만들었다. 허기진 친구들은 내가 만든 밥을 허겁지겁 먹고서는 항상 엄지를 치켜세우며 나의 요리 실력을 칭찬했다.

그 시절 나의 꿈은 요리사였다. 지금 생각하면 그때는 정확히 몰랐다. 내가 음식을 요리하는 것을 좋아한다고 생각했다. 그러나 친구가 없이 혼자 밥을 먹을 때, 나만 먹으려고 하는 요리는 전혀 즐겁지가 않았다. 지금 생각해 보니 내가 좋아한 건 어릴 때 내가 만들어주는 요리를 무엇이든 최고라며 맛있게 먹어주던 배고픈 친구들의 칭찬 한마디 한마디가 나를 행복하게 만들었던 것이었다. 그때의 마음과 지금의 마음이 크게 다르지 않다. 나의 요리에 행복한 친구들과 나의 강안채에 행복한 손님들! 거기에서부터 전해지는 그 마음으로 나는 행복한 것이다.

나는 어떻게 살 것인가?

마흔이라는 나이의 스스로 질문을 던져보았고 한참 후에 나는 다시 그 답을 찾았다. 강안채를 운영하는 것처럼, 돈만 목적으로 다니는 직장이 아닌, 내가 좋아하며 의미 있고 가치 있는 일을 하면서 어릴 적 꿈처럼 더 많은 사람에게 행복을 나눠주는 일을 해야겠다. 내가 좋아하며 잘할 수 있는 일 그리고 사회적으로 의미 있고 가치 있는 일, 그런 일은 당장 찾아지 한다고 쉽게 찾아지지 않는다. 생각해 내려고 해도 떠오르지 않는다. 그런 일은 과연 어떤 게 있을까?

똑똑하지 않은 머리 한쪽 구석에서 가끔 생각만 하고 있던 어느 날이었다. 오랜만에 부모님 댁에서 나의 생일을 맞아 다 함께 저녁 식사를 했다. 어릴 때부터 좋아해서 즐겨 먹던 태평초와 함께 다양한 음식을 차려놓고 식사를 하고 있을 때 아내가 엄마에게 한마디 했다.

"어머님~ 진짜 이 태평초는 너무 맛있어서 장사해도 되겠어요."

아내의 칭찬 한마디에 엄마는 웃으면서 말했다.

"넌 뭐든 조금만 맛있으면 나한테 장사를 하라고 해~ 이제 늙어서 장사할 나이도 아니고 집에 오면 자주 만들어줄 테니, 좋아하는 우리 며느리만 제발 맛있게 많이 드세요."

그렇게 시어머니와 며느리가 티키타카 주고받으며 이야기하는 찰나 나는 별생각 없이 태평초를 한입 떠서 먹다가 태평초 그 한마디가 내 머리에 강하게 꽂혔다. 그래~ 태평초! 내가 좋아하고, 잘할 수 있고, 사회적으로 의미 있는 일은 바로 이거다.

'앞으로 나는 태평초를 만들며 살아야겠다!'

태평초는 내 고향 영주에서 근근이 내려오는 향토 음식이다. 태평초를 처음 들어보는 사람들은 태평초? 그거 고추장 아니야? 하며 태양초 고추장을 대신 이야기하기도 한다. 향토 음식과 노포에 대한 권오찬 작가님의 책 『한국인의 오래된 밥집을 찾아서』의 태평초에 대해 짧게 적힌 글을 인용한다.

태평초는 메밀묵이 들어간 돼지 김치찌개다. 유래는 다양하지만, 궁중에서 먹던 탕평채를 그리워한 이들이 청포묵과 소고기 대신 메밀묵과 돼지고기를 넣어 김치찌개로 끓여 먹었다는 설이 있고 어지러운 세상 태평성대를 기원하며 먹었던 민초 백성들의 겨울 음식이라는 이야기가 있다. 어찌 되었든 이 음식은 한양의 궁중 음식이었던 탕평채를 누군가가 힘들고 어려운 시대에 이 땅에 전한 귀한 음식이라는 점은 분명하다.

내가 좋아하는 우리 영주의 향토 음식 태평초! 그러나 이 제는 만드는 이도 몇 남지 않은 음식이다. 나는 이 태평초를 더 많은 사람에게 알리고 싶다. 더 많은 사람이 즐겨 먹으며, 모두가 행복하길 꿈꾼다. 나는 태평초로 태평성대를 이루고 싶다. 그렇게 다가오는 미래를 또다시 계획하며 나는 다니던 직장과 헤어질 결심을 했다.

퇴사일은 2026년 3월 1일! 15년이라는 장기근속을 마치며, 대한독립 만세운동을 외치는 그날처럼 직장인으로서 자유 독립을 선언하려 한다. 그리고 그날이 오기 전까지 독립에 대해 피나는 노력과 많은 것을 준비해야 한다. 지금까지 항상 하나씩 계획하면서도 언제나 그렇듯 우리의 인생은 계획처럼 되지 않는다. 그러나 모로 가도 서울만 가면 되듯이 모든 일이 계획처럼 되지 않지만, 계획이 조금 빗나가도 괜찮고 시간이 조금 늦어져도 괜찮다. 돌아가는 길에서도 배우고 늦어지는 시간에서도 버티며 앞으로 내가 가려는 그 길을 꿋꿋하게 걸어가 언젠가 그곳에 도착할 것이다. 그리고 훗날 다시 그 길을 돌아보면 내가 걸어온 삶은 밝게 빛날 것이다.

나는 앞으로 그렇게 살 것이다! 그리고….

〈그대들은 어떻게 살 것인가?〉

철학적인 이 한 문장은 지브리로 유명한 일본 애니메이션의 거장 미야자키 하야오의 인생 이야기가 담겨 만들어진 애니메이션의 제목이다. 그러나 생각보다 난해한 내용으로 많은 사람의 기대와는 다르게 호불호가 많았다. 나 또한 기대와 다른 지루함에 영화를 끝까지 보지 못했다. 이 영화의 서로 다른 호불호처럼 우리 삶에도 사람마다 서로 다름을 비교할 필요는 없다. 모든 삶에 똑같이 정해진 답이란 없고 각자 다양한 답이 있다. 어떻게 살아야 하는지 스스로 많은 생각을 하고, 나만의 답을 찾는 것이다. 우리 모두 각자의 답으로 살아가는 것이다. 지금까지 빗나가는 계획에도 빛나게 살아가는 나의 강안채에 관한 이야기도 누군가에게 그런 질문과 또 다른 답이 되었기를 바라며….

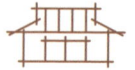

빛나는 삶, 빛나는 오늘

새롭게 지은 강안채,
새로운 마음가짐

손님들과 이 공간을 함께 나누며, 함께 행복하게….

손님들과 직접 만나지 않아도, 우리는 서로 느낄 수 있습니다.

깨끗하게 준비된 이곳에서, 손님들이 머물다 떠난 이 공간에서

서로에 대한 깊은 감사와 배려 그리고 행복감을….

5장

어서 와요,
모두의 세컨하우스 강안채

우리만의 민박집 운영 노하우 6가지

모두의 세컨하우스 강안채를
운영하며 깨달은 나만의 노하우!
누구나 필요한 정답은 아니지만,
힌트는 될 수 있다.
도움이 되는 정답을 찾아가시길….

1.

내가 손님이라는
마음 하나로

나에게도 지금까지 강안채의 시즌 1과 시즌 2까지 숙소를 5년 정도 운영하며 생긴 나만의 운영 노하우가 있다. 앞서 강안채의 이야기를 읽고 혹여, 펜션 사업을 꿈꾸는 분 또는 세컨하우스겸 숙소까지 운영하는 투잡을 꿈꾸는 분이나 그 외 다른 장사를 하시는 분들에게도 조금이나마 도움이 될 수 있게 몇 가지 나만의 비법 같은 방법들을 하나씩 소개해 드리려고 한다.

2024년 배우 김윤석, 이승기가 출연한 영화 〈대가족〉이 있다. 영화의 시작에서 유명한 만둣집 사장님으로 나오는 배우 김윤석은 이른 아침에 신선한 채소와 고기를 다져 만두를 만들고 모든 직원이 바라보는 앞에서 그날의 첫 만두를 크게 한입 베어 물고서 엄중히 대사 한마디를 한다. 그건 "손님 받아라!"였다. 그 말이 무섭게 줄을 서서 기다리는 손님들이 빠르게 식당으로 입장하고 직원들은 일사불란하게 만둣국을 나르며 유명한 만두 맛집 평만옥의 하루가 시작된다.

이처럼 식당은 매일 음식의 재료와 상태에 따라 맛이 달라질 수 있으므로 그날의 음식 맛을 체크하며 오픈하는 것이다. 그렇다면 식당이 아닌 숙소는 어떻게 오픈할까? 음식처럼 매일 재료와 상태가 변화할까? 음식이 아닌데 그럼 무엇이 변화할까? 가장 중요한 것은 날씨에 따른 집의 변화이다.

비가 오거나, 눈이 오거나, 또는 무더운 여름 날씨가 찾아올 때 우리 숙소는 어떤 상태를 유지할까? 비가 새어 들어오는 곳은 있을까? 눈이 오면 손님들이 방문할 수 있을까? 무더운 날씨에는 에어컨이 정상 작동할까? 그런 날씨와 환경에 따라 숙소에 영향을 끼치는 모든 변화에 대해 주인은 아주 잘 알아야 한다. 그리고 그것을 알기 위해서는 잠시 2~3시간 소요되는 청소와 점검만으로는 모든 것을 다 알 수 없으며, 주인이 그 환경에 따라 직접 손님이 되어 하루를 온전하게 손님처럼 지내보아야 한다.

멋지게 신축 또는 리모델링을 하여 펜션을 오픈했지만, 주인이 한 번도 이용해 본 적이 없다면 손님이 방문하였을 때 무엇이 문제가 되는지, 손님의 불만이 어디에서 발생하는지 알 수 없다. 간혹 친절한 손님이 불편함을 알려주어도 쉽게 이해할 수 없으며 그저 죄송하다는 말밖에 할 수가 없다. 전문 공사업체에 맡겼다고 하여 숙소의 모든 게 완벽하지는 않다. 책 앞부분에 언급한 내용이 있지만 강안채를 처음 오픈할 때, 나 또한 그런 실수를 했다. 열심히 만들어 놓은 벽돌 화로의 나무 뚜껑이 문제였다. 첫 방문 손님이 밤늦게 야외 불멍을 마치고 안전하게 뚜껑을 덮었는데, 나무 뚜껑이 홀랑 불에 타 사라진 경험이 있다.

그날 이후 우리 가족은 한 달에 1번 이상은 직접 강안채의 손님이 되고 있다.

손님이 되어 방문할 때는 평소처럼 청소하기 위해 들어가는 뒷문이 아닌 정말 손님이 입장하듯이 정문을 열고 손님이 움직이는 동선으로 예상하며 들어간다. 가져온 짐을 각 방에 정리해 놓고, 집에서 바리바리 싸 들고 온 음식들을 냉장고에 채워 넣으면서 온전히 숙소를 즐길 준비를 해 본다. 날씨가 무더운 날에는 손님이 입실할 수 있는 오후 3시에 문을 열고 들어와 본다. 아스팔트가 끓어오르는 듯한 30도가 넘어 이제는 40도에 가까운 야외 온도에서 문을 열고 들어오는 순간! 숙소에도 숨이 턱턱 막힌다면, 그 순간 큰돈을 쓰며 숙소를 예약한 돈이 아까워질 것이다.

그런 경험으로 무더운 날씨에는 내부가 덥지 않게 미리 에어컨을 틀어놓고 장마가 있을 때는 꿉꿉하지 않게 제습을 틀어놓기도 하고, 추운 겨울에는 난방을 미리 해두어 손님이 문을 열고 들어오는 순간부터, 따뜻한 조명과 함께 여름에는 시원하고 겨울에는 따뜻한 온기를 느낄 수 있도록 만들어 놓아야 한다.

손님이 되어 보는 것에 가장 중요한 건 정말 마음속 깊게 주인이 아닌 손님이라는 마음으로 이곳을 보아야 한다. 주인의 마음으로 들어와 평소처럼 항상 내가 해오던 방식으로 움직이면 무엇이 문제가 되는지, 어디서 불편함이 생기는지 전혀 찾을 수 없다. 간혹 사소한 불편함을 느끼더라도, 주인의 마음으로는 이 정도는 뭐 그럴 수도 있지 또는 난 아는 부분이니까 조심하면 큰 문제가 없다는 안일한 마음이 생길 수가 있다.

손님의 마음으로 정말 손님처럼 정문을 열고 들어가며, 처음은 안방으로 가장 먼저 들어가 보기도 하고 다음에 왔을 때는 화장실에 가장 먼저 들어가 보기도 해야 한다. 문을 세게 열어보기도 하고, 침대에 몸을 던져보기도 해야 한다. 그렇게 다양하게 움직이고 행동해 보면서 손님이 이곳을 처음 이용한다면, 어디에서 불편함이 있을까? 항상 고민해 보고 개선해 봐야 한다.

그럼 내가 주인이 아닌 손님처럼 지내면서 무엇을 느끼고, 무엇을 개선했는지 이야기하자면 강안채는 강과 숲이 푸른 자연과 함께 공존하는 집으로 여름에는 날벌레가 밝은 빛을 향해 많이 날아 들어온다. 정문으로는 중문까지 이중으로 되어있어 집 내부로 유입은 크게 발생하지 않지만, 테라스에서 마당으로 이어지는 부분은 쉽게 외부랑 연결되는 곳이라 손님들은 이곳을 통하여 마당으로 많이 드나들게 된다. 이곳은 테라스와 바로 연결되어 있다 보니 여름에는 문을 여는 순간 벌레들이 내부로 들어오고 또 식탁 위에 놓인 음식으로 떨어져 앉기도 했다.

그렇게 집 안으로 들어오는 벌레에 고민과 걱정이 생기게 되었고 하루빨리 에어커튼이라는 벌레 차단용 설비를 설치하여 문을 여닫는 그 순간에 아래로 쏟아지는 바람으로 벌레의 유입을 차단하게 되었다. 가끔은 손님들이 퇴실하시면서 이런 사소한 부분까지 신경 쓴 세심함과 디테일이 너무 좋다며 칭찬을 아끼지 않았던 적도 꽤 있었다.

두 번째는 아이들과 함께 지내면서 아이들이 가끔은 어두운 밤을 무서워한 경우가 있다. 초등학생 고학년인 우리 아이들도 그런데 어린 유아들은 집을 떠나 낯선 곳이라 환경에 따라 더 무서움을 느낄 수 있어 조그맣게 하나 켜놓을 수 있는 수면 등이 필요했다. 집에 설치된 간접 조명들은 생각보다 너무 밝아서 수면에 방해될 것 같았다. 그리고 수면 등이 필요할 때 어느 공간에서 필요한지, 아이들만 필요한지, 기준을 잡기 어렵다고 해서 모든 공간에 전부 설치하기도 어려웠다.

그런 고민 끝에 생각한 것이, 조명은 쉽게 이동할 수 있어야 하며, 집의 인테리어를 해치지 않고 아이들의 터치에 쉽게 깨지거나 손상되지 않는 제품이어야 한다는 거였다. 그렇게 고민하고 찾은 제품은 렉슨 미나 버섯 무드 등이다. 귀엽고 깔끔한 디자인에 조명 색상과 밝기 조절이 가능하며, 쉽게 이동이 되는 데다가 떨어뜨려도 깨지지 않는 제품이었다. 함께 구매할 수 있는 무선 충전패드는 핸드폰 충전까지 겸용할 수 있어 손님들의 핸드폰 충전 역할까지 일거양득 역할을 톡톡히 하고 있다.

많은 고민 끝에 준비한 렉슨 미나 버섯 무드 등

이렇게 민박집을 운영하고 난 뒤에도 매달 한 번씩 직접 손님이 되어 그날 날씨와 환경에 따라 우리 집이 어떻게 달라지는지, 그 시기마다 무엇이 필요한지를 주인은 꼭 알아야 한다. 작년 여름과 올해 여름이 다르고 어제와 오늘이 다르기에 반복적으로 방문하여 사소한 부분도 개선해야 하고 그 사소한 하나의 개선과 주인의 작은 배려가 손님의 마음을 사로잡을 수 있다.

2.

예약하는 순간부터
정성을 다하다

　강안채를 운영하는 나만의 노하우 두 번째다. 손님이 숙소를 예약하는 그 시작의 순간! 그 순간부터 그들의 여행이 시작된다. 숙소 예약 시작부터 손님들은 이미 설레며 행복하다. 그 설렘으로 시작해서 여행을 마치고 집으로 돌아가는 그 시간까지 만족감이 계속 유지되면 최고의 여행이자 최고의 숙소라고 느끼며, 또다시 강안채를 방문할 거라 생각된다. 이러한 마음으로 우리는 손님이 예약하는 순간부터 정성을 다하고 있다.

　어느 날 우리 동네 새로운 곱창집이 문을 열었다. 곱창 열풍이라 그런지 주말에는 웨이팅을 꼭 해야 했다. 맛이 좋고 친절한데, 서비스까지 너무 좋다고 소문이 나서 아내와 꼭 한번 가봐야지 하는 곳이 있었다. 최근 아내와 자주 가던 작은 곱창집이 문을 닫아서 그런지 더욱 기대를 품고 아이들과 다 함께 오픈 시간에 맞춰 방문했다. 그날도 손님들은 웨이팅을 하며 곱창에 소주 한 잔을 즐기곤 했다.

곱창 열풍 때문에 이렇게 손님이 많은 걸까? 나는 곱창을 맛있게 먹으면서 또 아내의 말은 한 귀로 듣고 살짝 한 귀로 흘리면서 생각해 봤다. 곱창의 맛도 중요하지만 시키지 않은 푸짐한 계란찜을 서비스로 주시고 곱창만 시켰는데 우리 테이블만 들릴듯한 속삭임으로 "염통구이와 계란찜은 서비스로 챙겨드립니다." 하시며 곱창과 염통구이를 구워주시는데 그 순간 아~이거구나! 하는 느낌이 왔다.

잠시 화장실을 다녀오며 다른 테이블도 슬쩍슬쩍 염탐해 보니 다른 테이블도 계란찜이며, 염통구이며 없는 곳이 한 팀도 없었고, 모두에게 주는 서비스였다. 이건 서비스로 챙겨드려요. 말 한마디를 통해 고객은 대접받는 기분을 느끼게 되며, 서비스까지 든든하게 잘 먹고 기분 좋게 된다. 그것이 다음에 또 다른 사람들과 이곳을 방문하게 되는 비결이었다.

그럼, 우리 강안채에는 이런 서비스를 어떻게 제공하면 좋을까?

그런 고민 끝에 내가 만든 서비스는 불멍을 즐기는 야외 화로를 추가 비용 없이 무료로 이용하게 해 드리고, 나무 장작까지 서비스로 준비해 드리는 것이다. 강안채 숙소 방문을 하기 위해 예약 날짜를 확인 후 예약 시 최종 금액을 안내할 때 나는 항상 고객만을 위한 특별 서비스로 "장작과 야외화로는 2만 원으로 이용할 수 있지만 제가 비용 없이 서비스로 챙겨드리겠습니다." 이렇게 이야기해 드린다. 그러면 대부분의 고객분은 정말 고마워하며 누구나 제공되는 게 아닌 나만 무언가 특별한 서비스를 받는 거라고 생각한다.

물론 2만 원이 적은 돈은 아니며, 2만 원씩 계속 쌓이는 그 돈은 나중에 큰 역할을 할 수도 있다. 하지만 나에게 그 돈보다 더 큰 역할과 만족은 고객분들의 예약하는 그 순간부터 행복하게 시작되는 만족감에 있다! 최근 독채 펜션과 감성 숙소들이 비싼 숙박 요금과 숙박비만큼 추가되는 기타 비용을 요구해, 이에 대한 논란이 인 적이 있었다.

대형 펜션에 기준 인원 2명으로 시작하여 무조건 발생하는 인원 추가 비용, 숯불 바비큐 추가 비용, 장작과 석쇠 준비 추가 비용, 온수 추가 비용 등 무언가 이용하려면 무엇이든 별도의 추가 비용이 발생한다. 이에 대해 손님들이 예약부터 슬슬 짜증이 나고 수많은 사람이 이 부분에 공감하며 차라리 해외여행이 낫다거나 고급 호텔과 리조트를 이용하자며 펜션 불매운동까지 간혹 SNS에서 발생한 것을 볼 수가 있었다. 나도 다른 도시의 숙소를 고객으로 예약했을 때, 몇 번 겪었던 일이며 나 또한 충분히 공감하는 부분이었다.

그렇게 두 번째 강안채를 오픈하였을 때 나는 고객들의 숙소 예약을 또 다른 방법으로 바꾸었다. 예전에는 추가 요금 2만 원이라 적고, 예약할 때 서비스로 챙겨주었던 야외화로 및 장작 비용과 고기 굽는 그릴까지 처음부터 추가 금액 없이 서비스 제공으로 바꾸었다. 그뿐만 아니라 강안채의 별채부터 야외 자쿠지까지 숙소에 와서 누릴 수 있는 모든 부분을 추가 요금 없이 이용할 수 있도록 만들었다. 기본 4인 기준에서 고객들은 인원 추가를 제외하고는 기타 추가 요금에 대한 부담 없이 기분 좋은 예약을 시작할 수 있다.

이렇게 운영하다 보니, 고객분들은 별도의 금액을 내지 않기 때문에 '돈을 냈으니 무조건 이것도 해야지 저것도 해봐야지'라기보다는 정말 필요한 부분만 사용하시게 된다. 덕분에 좀 더 아껴주시며 이용해 주시는 것 같아 항상 감사한 마음을 느끼게 된다.

그러나 이런 부분에서 많은 사람이 새롭게 숙소를 오픈할 때 들어가는 비용과 건물 보수 유지 비용, 온수 수영장 운영 비용, 나무 장작 비용 등 소비되는 비용과 원가를 따지고 들기도 한다. 그렇게 하면 사실 나는 뭐라 대꾸할 말이 없다.

다시 강안채를 새롭게 지었을 때 돈보다 다시 시작할 수 있음에 더 행복했고, 어떻게든 빨리 돈을 벌어 투자한 금액을 회수할지에 대한 고민은 깊게 하지 않았다. 강안채를 찾아주시는 고객분들이 시작부터 끝까지 봉화 여행을 만족하시면 다른 지인들과 또 오시게 되거나 주변 사람들에게 전달되어 다른 분들이 이곳을 방문하게 된다. 그 만족감이 널리 전파되기도 하고 다시 그 만족감이 나에게도 전해진다면 비용과 원가는 큰 의미가 없다고 나는 생각한다.

그렇게 강안채는 재방문과 함께 지인들의 소개로 방문하시는 분들이 계속해서 늘어나고 있다. 내가 생각하는 두 번째 운영 노하우에서 이 모든 부분을 한 번에 적용하는 건 쉬운 일이 아니겠지만 고객이 예약하는 그 시작의 순간에 작은 서비스 하나로 사소한 행복을 만들어 놓고 시작하는 건 어떨까? 아주 작고 사소한 하나의 서비스라도 한 번쯤 고민하여 실천해 보시길 추천한다.

무료로 제공되는 고기 그릴을 이용하여 마치 자연과 함께 식사를 즐길 수 있는 강안채의 테라스 공간이다.

3.
한 곡의 노래처럼
오감 만족 서비스

지난 두 번째 노하우에서는 숙소를 방문하기 전 예약하는 부분에 관해 이야기했다. 이번 세 번째 노하우는 고객들이 숙소에 도착해서 들어오는 그 순간! 그때가 바로 여행의 하이라이트이자 바로 최고의 순간이어야 한다는 것이다.

여행 숙소를 한 곡의 노래로 나누어보면 숙소 예약은 설레는 도입부이고, 숙소 방문은 행복의 클라이맥스(절정) 그리고 숙소를 퇴실하고 집으로 돌아가는 길은 잔잔하고 아쉬운 엔딩으로 이어진다. 음 이탈 없이 높은 고음으로 뻗어가는 최고의 클라이맥스를 표현하려면 손님이 숙소에 도착하여 문을 열고 들어왔을 때부터 "우와~우와~우와~" 이렇게 기본 3단 "우와~"를 시작으로 최대 5단 "우와~"를 만들어 줄 수 있어야 한다. 그럼 3단에서 5단까지 고객의 "우와~!"를 어떻게 만들 수 있을까?

처음 강안채를 오픈하고 나서 야놀자, 여기어때와 같은 숙소 예약 플랫폼의 입점을 생각했다. 해당 업체에 문의하여 담당 직원이 강안채까지 직접 방문하며 미팅했다. 멀리 봉화까지 오셔서 강안채를 둘러보고 1시간가량 숙소 운영에 대한 코칭과 함께 플랫폼 입점에 관해 이야기를 나누었지만, 최종적으로 그들과 함께하지는 못했다. 그러나 그때 들었던 코칭 이야기 중 가장 기억에 남는 이야기가 바로 방문하시는 고객님들의 오감을 만족하는 방법이었다. 그때부터 나는 어떤 방법으로 오감을 만족시킬 수 있을지 고민하여 여러 방법을 만들어 보았고 나는 지금까지 꾸준하게 이 방법을 적용하고 있다.

첫 번째, 눈으로 보는 시각이다. 가장 기본적이고 중요한 부분이다. 차에서 내릴 때부터 평소 보지 못했던 풍경들로 1차 시각을 만족시킨다. 이어 숙소에 들어갔을 때, 예상보다 그 이상으로 깔끔하고 잘 정돈되어 눈에 거슬리지 않는 인테리어와 따스한 조명들로 처음 방문했어도 낯설지 않은 기분이 시각으로 느껴지게 한다. 보기에도 좋은 떡이 맛도 좋은 것처럼 일단 시각적으로 "우와~!" 하며 감탄을 만들며 핸드폰을 들고 너도나도 사진을 찍는다면 시각적인 부분에서는 일단 성공이다. 그러나 너무 시각적인 부분만 강조하여 실용성이 없거나, 이용에 불편함을 끼친다면 나중에 마이너스 효과가 될 수 있다. 디자인을 고려하면서도 불편하지 않도록 그 외 부분까지 잘 파악해야 문제없는 만족감을 만들 수 있다. 시각적인 부분은 5개의 감각 중 가장 중요한 부분이라 생각한다.

두 번째는 귀로 듣는 청각이다. 이곳저곳 사진을 찍다가 정신을 차리면 잔잔하게 들려오는 음악 소리가 있다. 소리를 따라 거실을 통과하여 주방과 테라스로 이어지는 곳, 손님들이 가장 많은 시간을 보내는 공간에 설치한 고급 스피커에서 스타벅스에서 들려오는 차분하고 감미로운 클래식 음악이 들려온다. 오늘 저녁 술자리의 음악 담당은 바로 너! 그렇게 찜을 하고, 테라스로 향하면 창밖으로 보이는 푸른 산과 맑은 강을 보고 자연스레 테라스 밖으로 나가보면 어디선가 들려오는 새들의 소리가 들린다. 시각적인 부분과 함께 속삭이는 자연의 노랫소리다. 도시에서는 많이 느끼지 못한 편안하고 도시 소음으로부터 귀를 호강해 주는 느낌이다. 그렇게 청각을 만족시키게 된다.

세 번째는 냄새를 자극하는 후각이다. 숙소의 청결과도 직결되는 부분이다. 숙소의 문을 들어오는 순간부터 자연스럽게 코로 들어오는 향긋하고 쾌적한 냄새가 의도치 않게 나의 기분을 끌어올려 준다. 전날 누군가 밤새도록 고기를 구워 먹은 걸까? 그런 상상이 절로 나게 하는 남아있는 음식 냄새들 그리고 화장실에서 올라오는 하수구 냄새, 욕실 청소를 티 내는 듯한 락스 냄새까지, 그런 냄새들이 집에 들어오는 순간까지 남아있다면 노래는 음이탈로 이어진다. 사진으로는 좋아 보였는데 시각적인 부분만 얼추 비슷하고 직접 와서 보니 사진보다 실망이라는 시각의 만족까지 함께 떨어뜨릴 수 있는 것이 바로 후각의 역할이라고 생각된다. 필수적인 환기와 냄새를 잡아주는 우리 숙소만의 방법을 준비해야 한다. 그 냄새는 숙소의 이미지와도 함께 연결된다.

네 번째, 맛을 느끼는 미각이다. 미각은 숙소보다 식당에서 가장 중요한 감각이다. 그러나 숙소에서는 어떤 부분으로 미각을 만족시킬 수 있을까? 많이 고민해서 준비한 것이 강안채만의 특별한 드립 커피였다. 손님들이 숙소에 도착하여 가져온 짐을 풀고 냉장고에 음식을 정리하며 장거리 운전을 통해 도착했다면 순간적인 피로감으로 잠시 쉬고 싶을 것이다. 그때, 간단한 과자와 함께 향이 좋은 커피를 마시는 그 순간, 커피 향과 함께 지친 몸과 마음이 회복된다. 역시 이렇게 오길 너무 잘했구나. 행복하다는 생각이 드는 맛있는 커피의 맛! 퇴실하시며 드립 커피에 대한 문의가 많이 있을 만큼 대중적으로 선호하는 커피이며, 포장은 강안채 로고까지 새겨넣어 직접 준비한 정성까지 느껴지는 그것이 우리가 준비한 미각에 대한 만족이다.

다섯 번째, 피부로 느껴지는 촉각이다. 시각만큼 중요한 부분이 바로 온몸으로 느껴지는 촉각이며, 청결과 편안함, 만족감 등 바로 숙소의 본질과 연결되는 감각이다. 먼저 숙소에 들어왔을 때 내가 만지는 물건과 내가 밟고 지나가는 모든 부분에서 이물질이 없이 깨끗하게 청소가 되어야 한다. 내가 상상하는 촉감이 아닌 찝찝한 무언가가 내 손끝과 발끝에 느껴진다면 그 순간 실패로 이어진다.

그리고 하루를 잘 마무리하는 것은 편안하고 쾌적한 수면이다. 침구에서 느껴지는 부드럽고 쾌적한 느낌 그것 또한 숙소에서 가장 중요한 부분이다. 강안채는 침실 2곳은 물론이고 추가되는 이불과 매트리스 대신 바닥에 놓는 토퍼까지 모든 제품을 알레르기와 아토피를 생각하는 건강한 침구 알레르망 브랜드 제품을 사용하여 온몸에 부드럽고 쾌적함을 느끼고 깊은 잠을 취할 수 있도록 만들고 있다. 간혹 집보다 더 꿀잠을 잤다고 말씀해 주시는 손님들도 있을 만큼 숙소의 편안하고 쾌적한 침구는 중요하다.

　이렇게 손님이 방문하는 그 순간이 가장 행복한 순간이며 그 순간에 맞춰 중요한 오감을 기대 이상으로 만족시킨다면 여행의 클라이맥스는 음 이탈 없이 아주 완벽한 하모니를 형성한다. 다음 날 집으로 돌아가는 길은 너무나 행복하면서 조금은 아쉬움의 여지를 남길 수 있는 최고의 엔딩이 되지 않을까?

깔끔하게 청소 후 간접 조명이 켜지고, 잔잔한 음악이 흐르며 손님맞이가 되어있는 주방과 거실의 모습

4.
다시 오고 싶다는
생각이 들도록

지금은 정확한 위치가 기억이 가물가물하지만, 예전 어느 유명한 식당에 메뉴판보다 크게 적힌 문구가 있었다.

백 명의 손님이 1번 오는 곳이 아닌,
한 명의 손님이 100번 오는 곳이 되겠습니다.

이 문구를 바라보았을 때 여기 사장님의 진정성이 느껴지고 언어 유희까지 재미있는 표현이구나! 생각했지만 많은 식당에서 널리 쓰이는 문구라는 건 나중에 돼서야 알게 되었다. 나는 그때 그 문장을 유심히 바라보면서 한 분 한 분의 손님이 100번이나 오는 식당이면 정말 맛집이 되겠구나. 그런 생각을 곱씹으며 맛있는 음식도 함께 꼭꼭 씹었다.

그러면 나는 과연 이 식당을 누군가와 함께 또다시 오고 싶을까? 함께 방문할 가족들을 떠올리다가 그럼 다시 내 생각에 질문을 던져본다. 누군가와 함께 또 방문하고 싶고 다시 찾는 식당이 되려면 어떻게 해야 할까? 바쁘신 사장님께 한번 여쭤봐야 할까? 그건 민폐인 것 같았다. 뭐가 있을까? 밥을 먹으며 혼자 생각해 보았다.

첫째는 역시 본질! 바로 음식의 맛이다. 식당은 기본적으로 음식이 맛있어야 한다. 개인적인 차이가 물론 있겠지만 대중적으로 기대 이상의 맛있는 음식! 대표 메뉴로 인정할 만한 가치 있는 맛! 그 맛이 내 입맛에 잘 맞아야만 먼저 내 주변 지인과 함께 다시 방문하여 그 식당을 소개할 것이다. 물론 맛있는 이 음식을 내가 또 즐기고 싶은 마음이 더 크게 다가올 수도 있다.

두 번째는 음식에 맞는 타당한 가격이다. 가성비가 좋다? 그것보다는 내가 결제한 음식의 금액이 합리적이고 불쾌하지 않아야 한다. 아무리 맛있어도 두 번 먹기에는 너무 비싸게 느껴지고 한번 먹은 것으로 여기서 그만! 한 번의 경험으로 만족하며 끝나는 가격이면 재방문은 어렵다. 반대로 싼 가격이라고 음식의 맛과 질을 생각하지 않는 아쉬운 곳을 주변 지인들까지 모시고 재방문은 더 어려운 일이다. 무조건 싼 것보다, 합리적인 가격의 선! 그 선을 지키는 것이 중요하다.

세 번째는 또 무엇이 있을까? 깔끔함을 유지하는 식당의 위생, 청결, 음식과 조화롭고 편안한 인테리어, 사장님과 종업원의 친절한 태도 등 물론 모두 중요한 부분이지만 나는 이것보다 조금은 더 중요하다고 생각하는 것은 바로 **이야기**라고 본다. 우리 인류는 누구나 이야기를 좋아한다. 그리고 이 식당이 나와 연결된 이야기가 있다면 그날과 비슷한 시기, 비슷한 상황에 이 식당이 떠오르고 이 음식이 떠오를 것이다.

추운 겨울에 고통스러울 만큼 추위와 허기를 버텨가며 하는 일을 끝내고 따끈한 국밥 한 그릇을 맛있게 먹었던 그때의 추억, 아이들의 졸업식 날 가족들과 함께 자장면과 탕수육을 먹었던 고급 중화요리 식당, 여자친구와 헤어지고 이별의 슬픔을 술로 달래고 있을 때, 어묵 국물을 슬쩍 챙겨주시던 무뚝뚝한 아저씨가 운영하는 포장마차! 그런 나만의 이야기가 있는 곳이면 또다시 찾게 되고 또 다른 이야기를 이어서 만들게 된다.

집에 돌아와 나는 나에게 또다시 질문을 해 본다. 그럼 내가 운영하는 숙소는 그 식당처럼 1번만 오는 곳이 아닌, 100번 오는 곳이 될 수 있을까? 불가능하지는 않다. 그러나 매우 어려운 건 사실이다. 나 또한 같은 숙소를 두 번 이상 방문한 기억은 없다. 숙소는 식당과 달리 금액 차이가 크고 그 지역에 여행 가야 다시 방문하며 식당보다는 좀 더 제한적으로 방문하는 것은 사실이다. 어렵지만 그래도 앞에 이야기한 본질, 합리적인 가격, 이야기 이 3가지 방법을 적용하면 누군가는 다시 오실 수 있지 않을까? 또 다른 지인과 함께 또 오고 싶은 곳이 될까?

강안채에서 이 3가지를 적용해 보았다. 숙소 운영에 가장 중요한 본질은 역시나 청결하고 쾌적함에서 오는 편안함이다. 몸과 마음이 쉴 수 있고 힐링이 되는 곳이어야 하며, 항상 청소에 신경을 많이 써야 한다. 손님의 손길에 닿는 부분과 닿지 않아도 보이는 부분은 물론이고 손에 닿지 않고 눈에 보이지 않는 부분까지 찾아서 깔끔하게 청소하며 청결해야 한다. 깨끗함을 싫어하는 손님은 아무도 없다.

하루 숙박에 큰 비용이 드는 만큼 두 번째 중요한 건 역시 합리적인 가격이다. 음식의 가격처럼 이곳에서 하루를 머물며 즐기고 느끼는 모든 공간에 비용이 있다. 중국집에서 자장면만 시켜 먹는데 생각지도 못한 군만두가 서비스로 나오면 기분이 좋아지는 것처럼, 숙소에서도 공간과 제품에서 느껴지는 서비스가 합리적인 가격으로 느껴지게 해야 한다. 아니, 오히려 가격이 저렴하게 느껴져야 한다. 이렇게 퍼주다가 식당 주인이 망하겠네, 생각이 드는 곳처럼, 이렇게 잘 만들어 놓고 이 가격으로 유지가 될까? 손님이 오히려 걱정하는 곳! 그런 곳이라 생각하며 가격을 측정했다.

이렇게 잘해 놓고 이 가격이 너무 싼 거 아니냐며 주변 지인에게 여러 번 한숨 섞인 이야기를 들었지만, 많은 고객이 좋은 숙소에 비해 합리적인 가격으로 느껴지면 그것으로도 큰 만족이 된다.

마지막으로 추억을 만드는 이야기다. 이야기는 사실 방문하시는 손님들이 만들어가는 것이기에, 주인이 할 수 있는 건 이별의 눈물을 흘리며 혼술하는 청년에게 슬쩍 건네는 따뜻한 어묵 국물처럼 살짝 돕는 것뿐이다. 마치 만화 『슬램덩크』의 명대사였던 '왼손은 그저 거들 뿐'을 외치며 손님의 방문 의도에 맞게 소통하며 살짝 건네는 조미료가 손님들의 이야기가 되는 추억을 슬쩍 가미시킨다.

할머니를 모시고 오며 3대 가족이 함께 모여 뜻깊은 숙박을 하시는 이야기를 들으면 가볍게 간식으로 드실 수 있는 기지 떡을 준비해 드리기도 하고, 크리스마스에 연인이 방문할 때는 작은 케이크나 와인 한 병을 슬쩍 선물하기도 한다. 방문하시는 손님들이 가끔 봉화의 맛집이나 카페를 물어보실 때도 가족들의 나이와 취향에 맞춰 한두 군데 소개를 해 드리면 그것만으로도 여행의 스토리가 더해지고, 추억이 되며 또다시 오고 싶은 봉화! 다시 찾고 싶은 숙소 강안채가 될 것으로 생각한다.

이런 마음으로 운영하는데 며칠 전 최근 한 달 사이에 세 번씩이나 오신 손님이 생겼다. 같은 숙소를 1년에 세 번 방문하기도 쉽지 않은데 한 달에 세 번씩이나 오시다니, 그것도 다른 지인들과 함께 오시지 않고 젊은 부부 딱 둘만 오신다. 처음 방문 후 2주 뒤에 한 번 다시 2주 뒤에 한 번, 그렇게 한 달 사이 세 번을 오셨다. 세 번째 방문에는 이곳에 익숙함으로 만족감이 떨어질까, 내가 오히려 걱정되기도 하며 맛있는 케이크까지 준비해 드리면서 세 번째 방문에 감사의 뇌물을 슬쩍 넣어드렸다.

그리고 이제 여름 지나 가을에 또다시 방문하신다는 이야기에 어쩌면 강안채를 나보다 더 좋아하시는 건 아닌가? 이상하게 질투심이 생기는 것만 같았다. 또다시 방문하실 4번째에는 다른 특별한 무언가를 준비해야 하는데 나에게 감사의 기대와 걱정을 만들어주기도 한다. 그래도 이렇게 강안채를 아껴주시고 좋아해 주신 김종훈 고객님께 다시 한번 감사함을 전합니다.

앞으로도 누구나~ 언제나~ 또 오고 싶은 곳!
한 명의 고객이 100번 방문하는 그날까지~
모두의 세컨하우스 강안채가 그런 곳이 되도록~

눈앞에 산을 이루는 나무들은 푸르고, 보이지 않는 맑은 공기가 느껴지는 여름날의 강안채

5.

너도! 나도!
우리 모두 WIN WIN WIN

게임은 이기는 사람이 있으면, 지는 사람이 있다. 돈을 걸고 내기를 했다면 승리하여 돈을 버는 자와 패배하여 돈을 잃는 자로 나뉜다. 버는 돈과 잃은 돈을 합치면 제로가 되는 제로섬 게임이다. 그러나 그 누구도 패배하면서 돈을 잃고 싶어 하지 않는다. 나 또한 누구에게도 지고 싶지 않다. 모두가 좋아하지 않는 패배자 없이 승리자만 있을 수는 없는 걸까? 게임에서는 불가능할지 모르겠지만 이곳 강안채에서는 가능하다고 생각한다.

물론 돈이라는 관점에서만 바라본다면 돈을 쓰는 자와 돈을 버는 자로 나뉜다. 숙소에서는 게스트가 돈을 쓰게 되고, 호스트는 돈을 벌게 된다. 그러나 관점을 조금 바꿔서 돈이 아닌 만족이라는 관점에서 다시 생각해 보자. 우리 모두 만족하며 승리자가 될 수 있다. 그리고 난 여기 패배자 없는 곳에서 또 한 명 만족의 승리자를 추가하는 방법을 생각했다.

펜션에 여행 왔을 때, 대부분 저녁 메뉴로는 고기를 구워 먹는다. 집에서는 주방 근처도 가지 않던 남자들도 펜션에 와서는 직접 고기를 굽기도 하고, 평소 하지 않던 서툰 칼질로 마늘과 고추를 썰기도 한다. 그런 어색한 모습을 보이기 전에는 미리 고기며, 채소며, 마트에서 장을 봐야 한다. 많이 먹지 않아도 다양하게 준비해야 하고 그러다 보면 장을 보는 비용은 예상을 훌쩍 넘기기도 한다. 그리고 또 장을 봐서 펜션에 오기 위해서는 바쁜 시간을 쪼개어 여행 출발하기 전 마트에 가거나, 전날 미리 장을 봐서 냉장고 한쪽에 넣어 두었다가 챙겨야 한다. 그러나 누군가는 다음 날 출발과 함께 꼭 한 가지씩은 두고 가기도 한다. 많은 사람이 이와 비슷하게 여러모로 불편한 일들을 경험했을 것이다.

그런 손님들의 불편함을 덜어 드리기 위해, 또 만족하실 수 있게 준비한 것이 바로 방문 시 주문 가능한 삼겹살 세트와 한우 세트다. 두 종류의 고기 세트는 인원에 맞게 2인, 4인 세트로 다시 나누어져 있다. 고기와 함께 마늘, 고추, 쌈장, 쌈, 명이나물, 양파절임, 순두부찌개 등 고깃집에서 먹는 것처럼 드실 수 있도록 고깃집에서 직접 포장해서 준비해 드리고 있다. 아마 고기 세트를 미리 준비해 주는 건 다른 곳에서도 경험하며 특별하지 않다고 생각할 수 있다. 하지만 여기서 가장 중요한 것은 고기 세트의 합리적인 가격에 있다. 그러기 위해서는 돈을 벌려는 목적이 아닌 고객의 만족을 위한 서비스라는 신념이 꼭 필요하다.

많은 펜션에서 숯불에 바비큐 고기를 준비해 주면서 비싼 가격으로 손님의 불쾌함을 얻는 경우가 종종 있다. 손님들은 편리함에 이용하려다 비싼 가격에 만족이 사라지고, 기대 이하의 음식 맛과 질에 추가로 실망하는 일도 있을 것이다. 손님의 만족과 편리함을 위해 준비한 고기 세트가 아닌 단순히 그것을 통해 돈을 더 벌려고 한다면 우리 모두 행복한 승리자가 되지 못할 수 있다.

이제 모두가 승리하는 WIN WIN WIN 전략을 소개한다.
첫 번째 승리자는 고객이다. 합리적인 가격으로 고기 세트를 주문할 수 있다. 미리 장을 보거나, 여름에는 상하지 않을까 하며 부냉팩에 얼음까지 넣어서 준비하지 않아도 된다. 방문 당일에 준비된 현지에 신선한 고기와 채소 그리고 맛있는 찌개까지 드실 수 있다. 고기 세트는 가족보다 연인과 함께 방문할 때 더욱 인기가 있고 매콤한 바지락 순두부찌개는 또 생각이 나서 재방문하고 싶다는 손님까지 생겼다.

(2025년 11월 기준 삼겹살 2~3인용 가격은 35,000원이다. 구성은 삼겹살 600g, 마늘, 고추, 쌈장, 다양한 쌈, 양파 절임, 명이나물, 바지락 순두부찌개 또는 된장찌개이다)

두 번째는 고깃집 사장님이다. 소비자 가격보다 저렴하게 고기를 납품받기 때문에 고객에게 합리적인 가격으로 다양한 채소와 찌개까지 준비해 주면서도 이윤을 남길 수 있다. 매일 준비된 음식 재료를 간단하게 포장만 해서 건네주기만 해도 수익이 발생하며, 음식의 맛을 통해 식당 홍보까지 가능하다. 강안채를 방문하시는 손님마다 모두 고기 세트를 주문하지는 않지만, 찌개 맛과 고기 맛이 좋다는 소문으로 점점 수요가 늘어나고 있다.

마지막 승리자는 고기 세트까지 준비한 강안채다. 돈을 쓰지도 돈을 벌지도 않지만, 만족에서는 어깨를 나란히 놓는 승리자라고 할 수 있다. 우리는 한 푼의 수익 없이 고객의 돈을 고깃집에 전달하며 준비된 고기 세트를 입실 청소할 때 냉장고에 잘 정리해 놓는다. 조금의 수익을 벌기 위해 모두의 만족을 무너뜨리며 다 함께 패배자가 될 수 없다. 모두의 만족이라는 균형의 중심을 잡을 수 있는 승리자이기도 하다. 또 하나의 만족스러운 서비스를 통해 강안채에 방문하시는 고객의 행복감을 키울 수 있음에 그저 감사하며 그것으로 우리는 더 행복하다.

　최근에는 봉화 특산품 송이버섯으로 만든 봉화송이빵이 출시되었다. 우리는 판매처와 협약하여 판매가보다 조금 저렴한 금액으로 강안채 방문하신 손님들께 준비해 드릴 수 있게 되었다. 특산품 봉화송이빵을 통해 이곳 봉화를 알리기도 하고, 손님들이 직접 판매처까지 방문하여 구매하는 번거로움을 줄이는 방법으로 고기 세트처럼 손님들의 주문과 함께 숙소에 준비해 드리고 있다. 이것 또한 모두가 승리할 수 있는 우리 강안채만의 WIN WIN WIN 전략이다.

WIN WIN WIN 전략으로 고객의 만족을 위해 강안채에 준비된 고기 세트와 봉화송이빵

6.

애쓰지 말고
받아들여야 행복합니다

앞서 이야기했던 강안채 운영의 노하우는 예약하시는 손님, 방문하시는 손님을 위한 서비스에 초점을 맞추었다. 그러나 그것보다 더욱 중요한 부분이 있다. 마지막으로 이야기하는 숙소 운영 노하우는 손님을 위한 초점이 아닌 바로 숙소를 운영하는 본인을 위한 방법이다.

숙소를 잘 운영하려면 무엇이 중요할까?

숙소를 운영하며 청소에 몸은 조금 힘들어도 스트레스받지 않고, 즐거운 마음이어야 한다. 읽는 글만큼 쉽지는 않지만 일이 즐거워야 오래 할 수 있고 사소한 부분까지 더 신경 쓰게 된다. 그런 부분들이 하나둘씩 모여 손님들에게 전달이 되어 손님의 만족도를 더 높이며, 그 만족도가 재방문 또는 다른 손님들의 추가 예약으로 이어지는 방법이 된다.

그러나 숙소의 손님들은 전국에서 찾아오고, 나와 생각이 비슷한 손님과 내가 원하는 손님들만 이곳을 방문하는 건 아니다. 정말 다양한 사람들, 다양한 사고를 하는 분들이 이곳을 방문하기에 퇴실 청소를 할 때는 다양한 사고만큼이나 다양한 흔적들이 있다. 그 다양한 상황에서 많은 스트레스를 받는다면 숙소 운영은 날이 갈수록 힘들고 어려워진다고 생각한다. 그 모든 상황은 내 기준, 내 상식에서 벌어지는 일이며 그것을 내 상식만으로 이해하려고 생각하면 안 되며 그저 그럴 수 있구나! 받아들임이 정말 중요하다.

내가 생각하는 상식을 50점이라고 기준을 잡고 내 상식을 뛰어넘는 대단한 손님은 80점이다. 내 상식에도 어려울 듯한 아쉬운 손님은 20점이다. 내 기준에서 플러스 30점과 마이너스 30점 그사이에 계신 모든 손님에 대해서 이해하기보다 그저 받아들일 수 있는 넓은 생각의 폭을 갖춘다면 스트레스 없이 항상 즐거운 마음으로 또는 항상 감사한 마음으로 숙소 운영을 할 수 있다. 이 넓은 생각의 폭이 가장 중요한 노하우다.

강안채에 방문하는 다수의 손님은 우리가 준비한 청소의 상태와 세심한 마음을 많이 알아봐 주시고, 나의 기준보다 더 높고 감사한 분들이 대부분이지만 간혹 그렇지 않은 분들도 종종 있기도 하다. 손님들의 뒷이야기를 하는 것은 좋지 않지만 내가 겪은 강안채 손님 중 극과 극의 2가지만 예시를 들어서 이야기를 나누자면 먼저 30점을 더한 80점의 손님이다.

2명이라는 적은 인원으로 방문하셨고, 입실부터 1박을 하고 퇴실까지 따로 연락은 없었다. 그리고 퇴실 청소를 하기 위해 집안 내부로 들어서는 순간 나는 너무 놀랐다. 사람이 머물고 지나간 흔적이 거의 없었다. 사용한 식기들은 모두 세척 후 물기까지 제거하여 기존과 정확하게 같은 자리에 놓여 있어 사용했는지를 알 수가 없을 정도였으며, 침대의 침구까지도 방문하기 전과 다르지 않게 가지런하게 정리가 되어있었다.

심지어 화장실의 물청소까지 하시고 머물면서 나왔던 쓰레기며 음식물쓰레기까지 퇴실하실 때 전부 가지고 가셨던 손님이 있었다. 퇴실 안내 문자에도 답변은 없었으며 한참 SNS가 유행하는 때 사진을 공개하거나 인스타 팔로우를 하는 등의 일도 없었다. 사용한 수건 2장만이 유일한 흔적이며, 그 어떤 흔적도 없이 강안채를 즐기고 퇴실하셨다. 나는 다른 숙소에 방문해서 이럴 수 있을까? 너무 어려운 일이며, 내 기준으로도 이해가 어려워 80점으로 생각하며 감사함으로 받아들이기로 한 적이 있었다.

다음은 나의 기준보다 아쉬운 마이너스 30점을 받게 된 20점의 손님이다. 나이가 조금 있으신 6명의 남녀가 방문했다. 숙소에 도착하여 숙소 이용 안내를 미리 드렸지만, 이용 방법에 대해 모르시겠다며 여러 번 통화를 하였고, 큰 문제 없는 하루를 보내셨다. 그러나 퇴실 후 청소하기 위해 집 안으로 들어간 순간, 나는 깜짝 놀라게 되었다.

거실이며 방이며 모든 공간에 외부 신발을 신고 다녀서 신발 자국이 바닥 곳곳에 가득했다. 순간 실내에서 신발을 신고 다니는 문화가 있는 외국인이 방문한 건 아닌지 의심할 정도였다. 우리 숙소의 청소 상태가 신발을 신고 다닐 만큼 바닥이 더럽지 않았고, 외국인이 아닌 60대 어른분들이 신발을 모두 신고 생활을 하신 걸까? 이해하기보다 먼저 원인을 알고 싶었다. 물론 먼저 전화를 드려보았지만, 숙소 이용하는 방법에 관해 궁금해서 통화할 때와는 다르게 연락받지 않으셨고 나는 그 원인을 주방 앞 테라스 공간에서 알게 되었다.

내가 예상한 그 원인은 깨진 유리컵이었다. 술자리를 즐기다가 실수로 떨어트려 깨진 유리컵의 그 유리 조각들이 바닥에 흩어져 있었고 그 유리 조각으로부터 발을 보호하기 위해 퇴실하기 전까지 모두 신발을 신고 지내신 거였다. 순간 나도 화가 조금 나기도 했지만 받지 않는 전화에 화를 낼 수도 없으며 그렇다고 해서 깨진 유리컵을 붙일 수 없는 것처럼 이 상황을 예전처럼 되돌릴 수는 없다. 나는 짐작되는 원인을 알게 되어, 왜 그랬을까 하는 답답함이 해결되어 오히려 화가 덜했다.

깨진 유리컵을 치울 수 있는 청소 용품도 준비되어 있는데, 이 공간보다 다칠 수 있는 발바닥이 더 소중하면 그렇게 행동할 수 있겠구나, 생각하며 받아들였다. 그렇게 생각하고 얼른 청소하며 곳곳에 발자국을 다 지우다 보니 내 마음속에 작은 화까지도 지워졌다. 청소하면 사라지는 발자국처럼 그냥 벌써 잊었네? 그럼 그걸로 끝이 된다.

2가지 예를 통해 보면 아마 연습이 된다. 나는 20점부터 받아들일 수 있을까? 오히려 그 정도는 별거 아니잖아? 10점 밑으로도 충분히 가능하겠는걸? 하시는 멘탈 강한 분들도 계실 것이다. 그럼 충분히 즐기며 잘하실 수 있고 50점도 안 되고 60점 이상인 손님들만 방문하길 바란다면 일찍 다른 일을 하시는 것을 고민해 봐야 한다.

마지막으로 2017년쯤 한참 재밌게 보았던 프로그램이 하나 있다.

다양한 분야에 대단한 지식인들이 모여 국내를 여행하며 맛있는 음식도 먹고 쓸데없는 이야기를 아주 재밌게 풀어가는 알쓸신잡이라는 프로그램이었다.

어느 날 어떤 주제에서 나온 이야기인지 모르지만, 출연자 유시민은 타인을 완전히 이해할 수 있는지, 라는 화제를 꺼냈다. 내가 타인을 완전히 이해하지 못하고, 타인도 나를 완전히 이해하지 못한다. 이것이 잘못됐다고 생각하면 외로워질 수밖에 없을 것 같다. 하지만 타인을 이해할 수 없음을 그저 받아들이면 세상은 밝아 보인다. 쓸데없는 이야기를 하는 프로그램에서 나에게는 너무 쓸 데 있는 이야기라서 지금도 머릿속 깊게 기억하고 있다. 타인을 내 기준으로 이해하기보다 그저 그런대로 그냥 받아들이면 밝은 세상처럼 즐거운 일이 될 것이다.

이렇게 강안채를 운영하며 느끼고 배웠던 경험에서 내가

전하는 노하우 6가지를 모두 알려드리지만 '작은 시골 민박 집에서 뭘 이렇게까지 해?' 하시며 이해하지 못할 수 있다. 누구에게는 참고할 만한 방법이고, 누구에게는 필요 없을 수도 있는 방법이다. 그저 그럴 수 있구나, 이런 방법도 있구나, 그렇게 받아들이면 이것 또한 너무나 즐겁지 아니할까?

강안채와 주변 모든 곳을 하얗게 만들어버린 추운 겨울

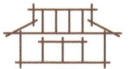

빛나는 삶, 빛나는 오늘

오늘도 변함없이
최선을 다하는 손님맞이

가지런히 정리된 식기들, 부드러운 침구에서 느껴지는 향기!

따사로운 햇살에 어울리는 잔잔한 음악 소리!

오늘 하루도 여러분의 행복한 세컨하우스가 되시길….

부록 1

강안채 민박의
특별한 손님들

　강안채에 관한 이야기로 글을 쓰면서 지금까지 방문하신 많은 손님 중 우리에게 특별한 손님들의 이야기도 함께 담아내고 싶었다. 이곳을 좋아해 주시면서 몇 번을 재방문하신 분들에게 부탁하여 그분들이 생각하고 느꼈던 숙소 강안채! 그 이야기를 마지막으로 담아내며 강안채의 이야기를 마칩니다. 우리의 마음 가득한 강안채 숙소에 지금까지 방문하신 고객, 그리고 앞으로도 방문하실 많은 고객 모두 감사함을 전합니다.

1. 모든 계절을 다 누려보고 싶은 곳!

– 가족들과 함께 여러 번 방문하신 공예지 님

강안채를 처음 방문했을 때의 감동이 아직도 생생합니다. 어디에서든지 푸르른 여름의 산과 시원한 강을 바라볼 수 있어서 강안채에 머무는 내내 마음이 편안했습니다.

특히 별채에 있는 탁구대, 노래방, 오락기, 각종 책 덕분에 심심함을 참지 못하는 아이들도 지루할 틈 없이 알차게 보낼 수 있었습니다. (여기서 읽은 슬램덩크 만화책 덕분에 아이들이 농구를 배우게 되었어요 ^^)

첫 방문 시에 1박만 한 것이 너무너무 아쉬워 체크아웃하고 집으로 돌아가는 길에 몇 달 후 2박 일정으로 바로 재예약했었죠. 2박으로 머물렀을 때도 아이들이 떠나가기에 아쉬웠던지 방학 내내 여기 있으면 안 되냐며 저에게 물어봤습니다. 시간만 허락된다면 한 달이라도 머물고 싶은 곳! 바로 강안채입니다.

별도로 주문할 수 있는 고기도 정말 일품인데, 각종 밑반찬과 찌개까지 푸짐하게 준비해 주셔서 방문할 때마다 꼭 필수 주문을 해서 먹습니다. 이렇게 만족스러운 경험 덕분에 부모님과 친척 어른을 모시고 갔었는데, 어른분들까지 너무 좋아하셔서 따로 또 방문하실 정도였습니다. 한 번 방문한 숙소는 웬만해선 다시 찾지 않는데, 강안채는 모든 계절을 다 누려보고 싶어서 몇 번씩이나 방문했던 유일한 곳인 것 같습니다.

아직 강안채의 한겨울을 느껴보지 못해서, 올해 한겨울에 다시 방문해서 따뜻한 방에 몸 지지며 뒹굴뒹굴하고, 바로 앞 꽁꽁 얼어붙은 낙동강에서 썰매도 타 보려고 해요. 앞으로도 우리 가족이 강안채에서 소중한 추억을 계속 만들어 갈 수 있게, 이전과 같은 사고 없이 오래오래 남아주셨으면 하는 것이 바램입니다.

공예지 님이 보내주신 강안채에서의 가족

2. 주변까지 아름답고 향기로운 곳!

- 블로그로 인연이 되어 오신 가을담은공방 정소라 님

소소한 숙박 이벤트로 봉화 강안채와 인연이 되어 방문한 이곳은 작은 오솔길을 지나 언덕길을 올라가면 강안채의 담벼락 그리고 항아리가 보인다. 하얀 돌자갈과 함께 눈앞에 푸르름이 펼쳐지고 졸졸 물소리가 내 가슴에 와닿는다.

화재 속에 나의 추억 또한 잊힌 듯하였다. 하지만 다시 찾아온 낙동강 길옆 강안채는 나에게 새봄에 불어오는 벚꽃 바람 같기도, 여름날의 시원한 오아시스 같기도, 가을날의 뜨겁지만, 내리쬐는 태양 같기도, 겨울의 따뜻한 아랫목 같기도 했다. 여행길에 인연이란 그런 것이다. 그곳의 공기와 따뜻한 손두부, 달콤한 사과 향이 콧등을 스치고, 다섯 살 꼬꼬마의 뜀박질 속에 밤하늘의 불꽃놀이처럼 눈을 뜬다. 이런 하루를 보낼 수 있게 해 주니, 매일 살고파지는 그런 곳이 바로 강안채다.

세컨하우스 공간의 나눔보다, 많은 이들의 안식처 보금자리로 내어준 따뜻한 그곳은 많은 이들이 쉬어가는 곳으로 여겨진다. 매년 매 계절이 그리워질 그곳! 처음 찾았던 3년 전, 펴지 않고 기다려준 국화 몽우리 속에 나의 계절 가을이 가까워져 온다. 백두대간의 호랑이가 강안채를 지켜주는 것처럼 늘 마음속의 즐거운 나의 집이 되어주고 고마운 그곳! 강안채! −가을담은 정소라−

가을담은공방 님이 보내주신 강안채의 안방 공간!

3. 기억 속 따뜻함을 품은 곳!

– 매년 여름철에 방문하신 김종록 님

우리가 좋아했던 강안채가 불에 탔다니.

아내랑 인스타로 화재 소식을 보았을 때 너무 가슴 아프고 슬픔이 밀려왔다. 나의 최고 휴식처가…. 그러나 아픈 만큼 성장하는 강안채를 보고 감동했다. 나의 기억 속 강안채 느낌은 따뜻함을 품은 곳! 누군가의 기억 속에 아름다운 추억을 만드는 곳! 지금도 그곳 강안채는 아름다움을 만드는 보물 창고 같은 곳이다.

–with appreciation–

김종록 님이 보내주신 액자 같은 강안채 풍경

4. 내 집처럼 위로가 되어주는 곳!

– 강안채 방문 후 친구 사이가 되어버린 베베유니 님

가끔은 그런 날이 있습니다. 눈앞에 쌓인 못다 끝낸 업무와 집안일을 훌훌 털어버리고 아이들 웃는 소리로만 가득 채우고 싶은 그런 날! 사랑하는 사람과 아무 소리 들리지 않는 고요한 밤을 맞이하고 싶은 그런 날!

작은 시골 동네 위치한 강안채는 삶이 퍽퍽했던 저에게 모든 걱정을 잠시나마 내려둘 수 있던 공간이었습니다. 어스름한 저녁 빛 아래에서 도란도란 모여 앉아 이야기를 나누다 보면 삶이 별거가 있나, 지금이 행복인 걸 느껴 봅니다.

누구에게도 방해받지 않고 온전히 우리의 목소리만 나눌 수 있던, 단아하면서도 정갈했던 공간의 강안채.

단순히 그냥 숙소가 아닌 내 집에 돌아온 것 같았던 제 마음속 세컨하우스가 되었습니다. 언젠가 마음의 위로가 필요한 날, 꼭 다시 한번 방문하겠습니다.

베베유니 님이 보내주신 아이와 함께한 강안채에서….

5. 오고 또 오고 싶은 곳!

- 한 달 사이 3번이나 방문하셨던 김종훈 님

남편이 태어나 어린 시절을 보낸 도시, 경북 봉화!

그때의 여름을 다시 떠올리고 싶어 숙소를 찾던 중, 우연히 강안채를 알게 되었습니다. 인터넷 사진만으로도 푸르른 자연과 조용한 분위기에 끌려 주저 없이 예약했고, 설렘 가득 안고 6월의 시작에 이곳을 방문하게 되었습니다.

방문 첫날, 눈 앞에 펼쳐진 풍경과 잔잔한 바람, 쨍쨍한 햇살, 그리고 고요히 흐르는 물소리는 도시에서 쌓인 스트레스를 말끔히 씻어주었습니다. 무엇보다 깨끗하게 관리된 숙소와 둘만의 조용한 파티가 가능한 다양한 시설들은 우리의 마음을 단숨에 사로잡았어요.

낮에는 하얀 자갈길을 맨발로 걸으며 흔들 그네에 앉아 여유를 만끽했고, 밤에는 자작자작 타오르는 장작불 앞에서 둘만의 이야기를 나누며 깊은 위로를 느꼈습니다. 몸도 마음도 편안하게 쉴 수 있었던 소중한 시간이었습니다. 좋은 휴식과 함께 소중한 추억을 안고 집으로 돌아가는 길, "또 오고 싶다."라는 말을 몇 번이나 되뇌었고, 결국 부족한 시간을 쪼개어 2주 만에 다시 방문하게 되었습니다. 그곳엔 여전히 정성스러운 사장님의 환대와 처음처럼 감동적인 풍경이 기다리고 있었습니다. 이런 금상첨화의 공간이 또 있을까요? 추억에 감성을 더하고, 기쁨을 곱하고, 봉화 강안채는 우리에게 그런 특별한 의미로 다가왔습니다.

이처럼 멋진 곳을 함께할 수 있음에 감사하며, 2025년의 어느 여름날 또 한 번의 기억을 그립니다. 가을, 겨울, 봄….. 그리고 다시 찾아올 싱그러운 여름까지, 이제는 오색 빛 물든 가을을 기약합니다. 7월의 세 번째 방문! 그 뜨거운 여름날을 가슴에 깊이 새깁니다.

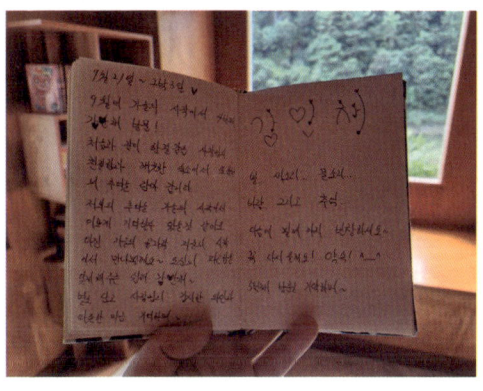

이 글을 보내주시고 다시 한번 강안채를 오셨다. 벌써 4번째 방문하셨고, 5번째를 기약하시며 글씨체도 너무나 좋은 김종훈 님의 방명록 사진

부록 2

시골 땅을 살 때
참고 기준 4가지

"조건이 다 맞았으면, 아마 나까지 올 선물이 아니었겠죠?"

– 카페 대정연가

신문에 나온 시골집을 하루 만에 계약 후 다시 그곳을 강 안채로 운영한 시간이 벌써 5년째다. 그런데 지금까지도 아 내와 나는 길을 걸을 때나 혹은 차를 타고 낯선 곳을 운전할 때 눈에 띄게 보이는 땅과 집을 바라보며 땅은 숙소를 하기 에 좋은 위치인지, 집은 리모델링에 비용이 얼마나 들여야 하는지, 각자 평가하며 시간 가는 줄 모르고 이야기를 하곤 한다.

이런 이야기를 하면 강안채 같은 숙소를 하나 더 만들려는 것이 아닐지 생각할 수 있다. 좋은 기회가 되면 그럴 수 있겠 지만 그런 의도보다는 우리는 습관 또는 버릇처럼 하는 행동 이다.

그렇게 바라보는 땅이든 집이든 우리 마음에 100% 든다거나 우리가 세운 기준에 꼭 맞는 걸 찾은 기억은 없다. 땅이나 시골집을 살 때 꼭 필요한 필수 조건이 있고, 개인적으로 기준을 세우는 조건이 있을 수 있다. 이 글을 보시는 누구든지 멋진 풍경이 있는 시골에 내 집 하나 갖고 싶을 수 있고, 좋은 숙소를 만들고 싶을 수도 있을 것이다. 이에 우리가 전원주택 집을 짓기 위해 땅을 찾을 때 고려했던 기준을 적었으니, 각자의 필터를 가지고 참고하시면 좋을 것 같다.

1. 첫째는 땅의 위치와 크기다.

집을 짓고 시내가 아닌 외곽으로 이사하면 20년, 30년 오래 살며 사는 동안 직장을 출퇴근해야 한다. 대도시의 삶과는 다르게 현재 우리는 출퇴근에 차량 10분 정도 소요가 된다. 과거 집을 지을 당시, 우리 부부는 서로 직장이 달랐기에 서로 다른 직장과 집의 거리를 조율하는 것이 중요했다.

게다가 아직 어린아이들이 학교 가게 되면 직접 등하교를 시켜주고 나서, 직장 출퇴근까지도 고려해야 한다. 아내와 나의 직장과 아이들 학교가 모두 거리가 먼 위치는 제외하였고, 아이들 학교를 태워주고 출근길을 뒤돌아가야 하는 상황도 배제했다. 이에 양쪽 모두 적당한 거리보다는 한 사람이라도 직장이 아이들 다닐 학교와 가까운 곳을 선호했다. 직장에서 일하다가도 갑작스레 집에 급한 볼일이 생기거나, 아직은 어린아이들을 급히 챙겨줘야 할 때 가까운 누군가는 먼저 집에 일찍 갈 수 있는 것을 중요하게 생각했다.

2. 둘째는 금액에 맞는 땅이다.

땅의 평수에 따라 금액이 달라진다. 하지만 30대 초반의 나이에 마련한 여윳돈이 많이 없었기에 마음에 드는 땅이라는 이유만으로 땅값에 너무 많은 돈을 지급하게 되면 그 땅 위에 전원주택을 지어낼 자금이 턱없이 부족하게 된다. 감당할 수 있는 대출 금액을 미리 확인하고 땅값으로 정한 기준을 넘지 않도록 유지하는 게 많이 중요했다. 우리는 땅값으로 평수가 조금은 작아지더라도 최대 1억 이하 금액으로 매입하려고 했다.

3. 세 번째는 땅의 방향과 땅의 풍경

집의 방향은 따스한 햇볕이 가장 많이 들어오는 남향! 정말 중요하다. 남향을 바라볼 수 있게 지을 수 있는 땅인지 고려했다. 남향이 아니라면 그다음은 동향이었고, 북향과 서향은 풍경이 아무리 좋더라도 땅을 고르는 기준에서 완전히 제외했다. 그리고 머릿속에 집이 지는 그림을 가지고 집 내부에서 밖을 바라보는 풍경이 좋은 곳, 따스한 햇볕과 함께 풍광이 집안 거실까지 들어와 집에서도 자연 속에 있는 느낌을 주는 그런 곳! 우리 부부의 로망은 그림처럼 멋진 풍경을 품은 집이었다.

4. 네 번째는 집 주변 편의 사항이다

땅의 위치에서 주변에 편의점이 걸어서 몇 분, 차량으로는 몇 분 정도 걸리는지, 가까운 거리에 맛있는 식당이나 카페는 있는지, 그리고 야식 배달이나 포장이 가능한 식당이 있는지 등, 생활하면서 내 집 근처에 있으면 편리한 것들이다. 물론 병원, 관공서, 학교도 가까이 있는 것이 매우 중요하지만, 시골에는 대부분 큰 기대를 하기 어렵고 조금이나마 있었으면 좋겠다는 부분으로 참고했다.

명확하게 기준을 정해 놓고 바라보니 걸러야 하는 땅들은 쉽게 걸러졌다. 마음에 드는 위치 속에 마을을 찾았고, 로드뷰로 1차 바라보고 2차로는 혼자 직접 가서 실제 땅이 내 마음에 괜찮은지 바라보았다. 2차까지 마음에 드는 곳은, 3차로 아내와 함께 다시 찾아갔다.

여기까지는 우리가 전원주택을 짓기 위한 땅을 찾을 때 정한 우리만의 개인적 기준이다. 개인적인 기준은 서로 다를 수 있고 다양할 수 있다. 그러나 필수 확인 사항은 누구에게나 다르지 않고 모두에게 중요하다. 각자의 기준을 가지고 땅을 찾으면서 조건에 맞아 땅을 사려고 할 때 정말 이 땅이 문제가 없는지 필수적인 사항까지 꼭 살펴보아야 한다.

가장 중요한 건 길이다. 도로나 길이 없는 땅은 고립된 섬과 같다. 국토교통부를 통해 도로 확인을 먼저 해야 하며 눈에 보이는 길이 있다고 해서 문제없다고 넘겨도 안 된다. 길 자체가 남의 소유로 되어 통행권이나 소유권 문제가 있는지 확인해야 한다.

두 번째는 토지의 용도이다. 내가 원하는 땅이 농지인지, 대지인지, 개발 제한 구역인지, 문화재 보호구역인지, 확인이 필요하다. 확인하지 않게 되면 싼값이라고 선불리 구매했다가 용도가 적합하지 않아 집을 짓지 못할 수가 있다. 이런 필수적인 부분은 개인 편차 없이 꼭 필요한 확인 사항으로 땅이 마음에 들고 개인적인 조건이 맞다 해도 문제가 있다면 구매를 배제해야 한다. 그 외에도 여러 사항이 있으니 직접 좋은 땅을 찾아보는 것도 좋지만 인터넷을 활용하여 공부를 많이 하는 거 또한 매우 중요하다.

남녀의 만남도 따지는 조건이 많아질수록 연애나 결혼을 하기가 쉽지 않은 것처럼 우리는 이런 많은 확인 사항과 조건을 가지고 1년을 찾았지만 결국 땅을 사지 못하였고, 우연히 신문에서 본 시골집으로 강안채를 하게 되었다. 계획처럼 다 되었으면 지금의 강안채는 없지 않을까? 명확한 기준도 좋지만 부러지지 않을 만큼 지갑의 여유와 마음의 여유 또한 필요하다. 마지막으로 멋진 땅을 만나 카페와 숙소를 하시는 대정연가 사장님과의 에피소드를 소개한다.

어느 날 주말을 맞아서 아내와 아이들까지 다 함께 강안채 방문하신 손님의 퇴실 청소를 마치고, 근처 대정연가 카페를 간 적이 있다. 화재 이후 집을 다시 짓고 난 뒤, 오랜만에 다시 방문한 대정연가에서 사장님은 그동안 고생한 우리의 마음이 훤히 보였는지 많은 위로를 해 주시며 맛있는 커피를 함께 나누었다.

그러다 나의 물음에 대답해 주신 한마디가 나는 아직도 생생하게 기억난다. 대정연가 카페는 강안채와 20분 거리에 있는 봉화 서벽에 위치하며 가는 길은 좁은 시골 외길을 한참이나 올라가야 방문할 수 있다. 더 멋진 풍경을 원하다가 차가 고꾸라진 경험이 있는 우리는 이런 외길을 한참 올라와야 하는데 이곳을 선택할 때 길이 문제가 되지는 않는지, 왜 이곳을 선택하셨는지 궁금해서 물어보았다. 그런데 사장님의 명쾌한 한마디에 나는 더 물어볼 말을 잃었고, 그저 멋진 풍경만 바라볼 뿐이었다.

"이 땅이 남들 따지는 모든 조건에 다 맞았다면,
아마 나까지 올 선물이 아니었겠죠?"

대정연가를 사랑하는 사장님의 멋진 말처럼….
많은 조건과 기준을 가지고 땅과 집을 열심히 찾으면서도 그런 높은 기준을 떠나, 우연처럼 또는 운명처럼 여러분도 선물 같은 땅과 선물 같은 시골집을 꼭 만나시길….